Die Waldmaid
und andere seltsame Erzählungen

RAINER OETTEL

Das Bild

Das Feuer knistert im Kamin, vor dem die vier Freunde in gemütlicher Runde sitzen.

Die Flammen der brennenden Holzscheite werfen ein gespenstisches Licht an die Wände des Zimmers. Einmal im Monat pflegen sie am jeweils letzten Freitagabend diesen Brauch, um über interessante Neuigkeiten oder ein vorgeschlagenes Thema zu sprechen. ‚Die Freitagsbrüder' hatte Thomas einmal ihren kleinen Kreis scherzhaft genannt.

„Wo komme ich her" ist ihr heutiges Thema. Schnell sind sie miteinander im Gespräch. Nach einer Weile steht Stefan auf. „Sag mal, ist das Bild neben dem Bücherschrank neu oder habe ich es bisher übersehen. Das sieht aus wie eine Arbeit von den alten Meistern." Michael dreht sich um. „Solange ich mich erinnern kann, hing das Bild immer in der Stube meiner Schwiegereltern im Erdgeschoss. Nachdem sie gestorben sind, haben es unsere Kinder neu rahmen lassen und es am Abend vor unserer Silberhochzeit hier aufgehängt. Ihr könnt es also noch gar nicht gesehen haben." Inzwischen stehen sie um das Bild. Das Porträt einer alten Frau in dunklen warmen Farben. „Wer hat es gemalt?" „Und wen zeigt es?" „Was haben deine Schwiegereltern darüber erzählt?"

„Wenn es euch recht ist, rufe ich mal Karin", sagt Michael. „Sie kennt das Bild länger als ich."

Michaels Frau kommt herein. „Hallo ihr Lieben!" Sie lacht. „Ich dachte, Ihr wollt heute Abend eure Wurzeln ausgraben? Aber wie es aussieht, habt Ihr euch von der alten Dame ablenken lassen." Und nach einer Pause: „Ja, was kann ich euch dazu sagen? Obwohl ich mir sehr oft die Frau angesehen und manchmal sogar mit ihr geredet habe: Über das Bild ist nichts Wirkliches bekannt. Mein Großvater soll auf diese Frage immer mit einer Geschichte geantwortet haben, die wir aber alle für eine Story halten. Er ist ein rechter Spaßvogel gewesen. Ich kann sie ja trotzdem mal erzählen. Sie passt sogar zu eurem heutigen Thema." Karin zeigt auf das Bild. „Also, wo kommst du her? Da von uns in diesem Falle niemand darauf eine Antwort hat und die Person auf dem Bild uns auch nicht weiterhilft, hier wenigstens die Geschichte des Großvaters: ‚Es war im Sommer 1939, als ich als junger Student der Müllerschule an einem Nachmittag die Gemäldegalerie meiner Heimatstadt besuchte. Dieses Mal wollte ich mir die Originale der Landschaftsmalereien ansehen, von denen ich neulich einen Bildband geschenkt bekam. War ich schon von dem Buch begeistert, ließen mich die Originale in dem Museum in eine völlig neue Welt eintauchen. Langsam ging ich durch die Ausstellung, blieb vor manchem Bild wie gebannt stehen. Ich kann mich noch heute an die Flusslandschaft erinnern, in deren Betrachtung ich ganz versunken war. Erst als sich mein Blick von dem Bild löste, bemerkte ich, dass ich allein in der Halle stand. Erschrocken lief ich umher. Auch in den anderen Räumen war niemand mehr zu finden und die große Tür, durch die heute Nachmittag die Besucher eintraten, war bereits verschlossen. Was sollte ich tun? Langsam ging ich durch die Galerie. Inzwischen hatte ich meine Ruhe wieder gefunden und setzte mich in einen der Sessel, die für die Besucher umherstanden. Die Beleuchtung schaltete ab. Allmählich begann es zu dunkeln und an den Wänden waren nur noch die Bilderrahmen in ihren Umrissen zu erkennen. Mir gegenüber hing dieses Bild. Es wirkte heller als die anderen. Ich trat näher und erkannte das Porträt einer Frau. Eine Haube bedeckte ihr Haar. Wie lange ich damals so vor ihr stand? Ich weiß es heute nicht mehr. Als ich mich wieder setzte, war es bereits völlig dunkel geworden. Doch die Frau auf dem Gemälde sah mich weiterhin an. Zunächst schemenhaft. Aber je länger ich zu ihr blickte, umso deutlicher trat ihr Gesicht hervor. Es schien wie von Innen heraus zu leuchten. Was ich in dieser Nacht noch erlebte, brachte ich zu Hause nur noch bruchstückhaft zusammen. Ich glaubte mich zu erinnern, dass die Frau zu mir gesprochen hatte: Nimm mich mit. Bring mich nach Hause. Doch auf meine Frage: Wo ist das? gab sie keine Antwort. Als am Morgen die Türen wieder geöffnet wurden, mischte ich mich unauffällig unter die neuen Besucher und verließ nach einer Weile das Museum. Zu Hause fand ich in der Innentasche meines Jacketts das zusammengefaltete Bild. Hatte ich es auf ihr Drängen hin mit meinem Taschenmesser aus dem Rahmen geschnitten? Zwei Tage später erzählte uns mein Vater von einem Einbruch im Museum und dass der Dieb keinerlei Spuren hinterlassen hätte. Ich habe mich damals nicht gestellt und so ist das Bild bis heute bei uns geblieben.'"

„An Phantasie scheint es deinem Großvater ja nicht gemangelt zu haben. Die Geschichte hat er sich jedenfalls einfach spannend ausgedacht", sagt Stefan. Michael schaltet den linken Strahler zu. Erst jetzt wird sichtbar, dass die Leinewand an ein paar Stellen fast schon durchsichtig ist. Feine horizontale und vertikale Linien überziehen die gesamte Fläche und bilden ein gleichmäßiges Gitter von Rechtecken. Das Bild war ganz offensichtlich schon einmal zusammengefaltet aufbewahrt worden. „Das ist ja ein richtiger Krimi! Sollte die Erzählung deines Großvaters doch wahr sein?" Schweigend gehen sie zurück, setzen sich wieder.

„Diese Geschichte ist nicht wahr. Jedenfalls nicht so." Erschrocken sehen sie sich an. Thomas findet als erster seine Sprache wieder: „Wer von euch hat denn das jetzt gesagt?" Jürgen schüttelt den Kopf. „Ich nicht. Die Frau muss gesprochen haben. Die Stimme kam aus ihrer Richtung. Da bin ich mir sicher." Karin springt wieder auf. „Aber was ist denn die Wahrheit? Und wo kommst du wirklich her?" Vorsichtig streicht sie mit ihren Fingern über die Lippen der Frau. Dann dreht sie sich erneut den Männern zu. „Als ich noch ein Kind war, hat meine Mutter manchmal von der ‚sprechenden Gräfin' geredet. Ob sie sich dabei auf die Erzählung ihres Vaters bezog oder hatte sie doch selbst ähnliches wie wir schon früher erlebt? Jedenfalls hat sie später einmal zu mir gesagt, dass das Bild nach ihrer Erinnerung erst einige Jahre nach Kriegsende plötzlich in der Stube hing. Sollte mein Großvater die Geschichte uns nur erzählt haben, um von der wirklichen Herkunft des Bildes abzulenken? Er war ja Mühlenbauer und hat in vielen Ländern gearbeitet. Auch nach dem Krieg war er immer noch unterwegs. Vielleicht hat er das Bild als Lohn für seine Arbeit erhalten. Und musste es über die Grenze verbergen?" Sie zieht sich einen Stuhl heran. Stützt ihre Arme auf die vor ihr stehende Kommode und blickt ruhig über das Bild. Das vom Feuer ausgehende Licht wirft ihren Schatten auf das Gesicht der Frau. Sie beugt sich zur Seite. Stutzt. „Michael, hol mal deine Spektrallampe. Hier war eben etwas zu sehen. Kommt noch mal her." Sie leuchten auf den rechten unteren Bereich des Bildes, verstellen die Farbtemperatur, regeln langsam zurück, Kurzzeitig sind andere Strukturen zu erkennen. Schrift wird sichtbar. Sie buchstabieren, deuten, rätseln, korrigieren. Wort für Wort.

„Frau von Buchfahrt, Weissberger Tal. So müsste es stimmen." Karin schlägt ihre Arme vor's Gesicht: „Wahnsinn! Und das sehen wir erst jetzt. Heute. Nach so vielen Jahren! " Auch in das Gesicht der alten Dame scheint jetzt Leben zu kommen. Hat sie ihnen zugenickt? Mit immer noch zweifelnden Blicken sehen sie einander ratlos an.

Michael stellt das Notebook auf den Tisch. Google map. Gespannt blicken sie auf die Landkarte: Weissberger Tal. Auf der Nordseite am Fuße des polnischen Riesengebirges. Orte werden sichtbar, auch einzelne große Gebäude. „Lasst uns mal parallel dazu nach dem Gutshaus der von Buchfahrt suchen. Vielleicht finden wir auch etwas zu der Geschichte." Bis tief in die Nacht hinein verfolgen sie die verschiedensten Spuren. Und werden fündig! „Was nun, was werdet ihr tun?" Michael setzt sich zu seiner Frau. „Rede du, Karin. Du hast in diesem Falle das Sagen. Es sind deine Vorfahren, die mit der Geschichte des Bildes verwoben sind." Karin überlegt eine Weile. „Wenn ihr euch das vorstellen könntet: Wir packen das Bild ein und fahren ein Wochenende auf das Gut. Ihr könnt gern mit eueren Frauen mitkommen. Und dort sehen wir dann weiter." Sie macht eine Pause. „Ich denke, das kann man von hier aus nicht bis ins Detail durchplanen. Wer weiß, welche Begegnungen noch auf uns warten. Inzwischen wissen wir ja schon, dass die Nachfahren der alten Besitzer auf ihr Gut zurückgekehrt sind. Auf alle Fälle werden wir beim Anmelden fragen, ob sie sich zu einem Gespräch mit uns treffen könnten."

Schon am nächsten Wochenende starten sie in Richtung Riesengebirge. Nach dem Abbiegen von der Autobahn in Richtung Süden führt die Straße entlang des Flusses. Vorbei geht es an kleinen Dörfern und einzeln stehenden Höfen. Eine Informationstafel in Polnisch und Deutsch weist auf die alten Gutshäuser hin, die zum größten Teil jetzt als Hotels betrieben werden. An einem Abzweig folgen sie der Ausschilderung zum Gutshaus ‚Von Buchfahrt'. In der Ferne steigen die noch verschneiten Hänge des Riesengebirges steil an. Sie werden bereits erwartet. „Herzlich willkommen. Ich bin Joachim von Buchfahrt." „Und ich bin Mechthild von Buchfahrt. Meine Vorfahren sind schon über viele Generationen die Besitzer dieses Gutes gewesen. Und wir sind immer an Menschen interessiert, die uns etwas – vielleicht sogar für uns bisher Unbekanntes – zu diesem Haus zu sagen haben. Wir sind sehr gespannt." Und nach einer kurzen Pause: „Treffen wir uns gegen 14 Uhr zum Kaffee im Wintergarten?"

Eine halben Stunde nach der Ankunft stehen die Freunde an der Freitreppe des Gutshauses. Sie wollen eine Runde durch den angrenzenden Park gehen. Die Sonne scheint durch die Kronen der teils noch kahlen Bäume. An einem Brunnen setzen sie sich auf die im Rund stehenden Bänke und genießen die Wärme des Frühlingstages. Karin streckt sich: „Hier kann man sich wohl fühlen. Die Fahrt durch das Weissberger Tal hat mich an die Erzählungen der Umsiedler erinnert, die nach dem Krieg für ein paar Jahre bei uns einquartiert waren. Diese herrlichen Landschaften. Wenn du das plötzlich alles verlassen musst und fast nichts mitnehmen kannst. Auch wenn nicht jeder ein Gutshaus besaß. Aber da versteht man noch einmal, dass sie so eine Sehnsucht nach der alten Heimat hatten." Sie steht auf, dreht sich um: „Ich werde das Gefühl nicht los, dass irgend wer hier um uns rum schleicht und beobachtet." Thomas nickt: „Mir war es vorhin auch so. Aber wahrscheinlich sind die Geister, die wir gerufen haben schon heute Morgen mit in den Bus gestiegen und lassen uns jetzt nicht mehr los."

Die Türen zum Wintergarten sind weit geöffnet. „Kommen sie herein", sagt Frau von Buchfahrt. Während sie Kaffee eingießt, beginnt ihr Mann zu erzählen: „Wir sind 1994 wieder hierher zurückgekehrt, mit den Kindern und der Mutter meiner Frau. Das Haus war noch recht gut erhalten, da es nach dem Krieg als Kinderheim genutzt wurde. Nur die gesamte Sammlung der Bilder unserer Vorfahren und von Landschaften aus der Umgebung war – zunächst – verschollen. Niemand von den ehemaligen Nachbarn konnte uns einen Hinweis zu dem Verbleib der Bilder geben. Auch die neuen polnischen Behörden halfen bei der Suche und sprachen mit inzwischen pensionierten Mitarbeitern, die als erste nach dem Kriegsende das Haus betreten durften. Doch selbst diese hatten es bereits ohne die Bilder vorgefunden.

Einige Jahre nach unserer Rückkehr hat uns dann ein Müller aus einem der benachbarten Täler besucht. Er stellte sich vor. Sein Name war uns nicht unbekannt. Wir führten ihn durch das Haus mit den restaurierten Räumen und Treppenhäusern. Nur die Wände waren noch kahl. Und dann die große Überraschung: Auf seinem Wagen hatte er uns alle Bilder, die einst in diesem Hause hingen, zurückgebracht! Wir waren sprachlos, gerührt über diese Ehrlichkeit, seine Rechtschaffenheit. Von ihm erfuhren wir, dass sein Vater, der viele Jahre das Getreide von unseren Feldern gemahlen hatte, kurz vor Kriegsende die Bilder aus unserem schon leer stehenden Hause holte, um sie in Sicherheit vor Plünderung und Zerstörung zu bringen. Bevor er starb, hatte er seinen Sohn in dieses Geheimnis eingeweiht: ‚Wenn die Zeit dafür reif ist, dann gebe sie zurück. Denn sie gehören uns nicht.' So lagen diese Bilder viele Jahre in der Mühle und niemand wusste etwas davon. Wir haben sie dann alle wieder an ihrem alten Platz aufgehangen und ...“

Herr von Buchfahrts Stimme wird leiser, verstummt langsam. Die Sonne ist plötzlich verschwunden und ein aufkommender Sturm rüttelt an den Fenstern des Wintergartens. Die Seitentür zum Haus springt mit einem Schlag auf und schlägt laut gegen die Wand. Die Kerzen der Leuchter auf dem Kaffeetisch verlöschen. Aus dem Dunkel des angrenzenden Korridors ist eine schwache Stimme zu hören: „Diese Geschichte ist nicht wahr. Jedenfalls nicht ganz. Damals fehlte ein Bild! Mein Bild! Und diese jungen Leute bringen es heute zurück. Jetzt kann ich meine Ruhe finden." Die schemenhaften Umrisse einer Frau huschen an der immer noch offenen Tür vorbei und verschwinden im Dunkel des Korridors. Nur das sich langsam entfernende Geräusch der auf dem Holzfußboden klappernden Absätze ihrer Schuhe ist noch eine kurze Weile zu hören. Frau von Buchfahrt macht zögernd ein paar Schritte in Richtung der Tür: „Großmutter? Wo kommst Du denn..." Sie lässt sich in einen der Sessel fallen. Schaut ihren Mann wortlos an. Nach einer Weile: „Das, das war die Stimme von Großmutter! Meiner Großmutter! Wer sollte es denn sonst gewesen sein? Aber sie ist doch schon so lange tot!"

Ihr Mann setzt sich zu ihr, legt seine Hand auf ihre Schulter: „Vielleicht hatten wir in den letzten Wochen doch keine Halluzinationen, wenn wir dachten, Großmutter im Park oder im Haus gesehen zu haben." Er wendet sich den Gästen zu. „Wir sind dadurch einfach verunsichert. Und wissen nicht, was hier mit uns geschieht." Frau von Buchfahrt nickt. „Ich kann es für mich bis heute einfach nicht einordnen. Und jetzt das!"

Karin geht zu den Beiden und legt das Bild vor ihnen auf den Tisch. „Ich denke, dazu haben wir auch etwas zu sagen. Diese Bild hängt seit langem in unserem Hause. Ich kenne es von Kind an. Doch nie erzählten meine Eltern von solchen Vorkommnissen. Und nun hat ihre Großmutter vor einer Woche plötzlich zu uns gesprochen! Aus Ihrem Bild heraus. Uns ist es dabei genauso wie Ihnen ergangen. Was wir alle in diesem Moment mit ihnen erlebt haben, macht es uns leichter, darüber zu sprechen. Wahrscheinlich gibt es zwischen Himmel und Erde noch Dinge, die einfach nicht mit unserer Sachlichkeit begreifbar sind. Und doch existieren sie. Das ist mir in den letzten Tagen klar geworden." Frau von Buchfahrt erhebt sich. „Ich muss jetzt erst einmal an die frische Luft. Lasst uns zusammen in den Park zum Grab der Großmutter gehen." Sie stehen vor dem Grabstein. Über einem Spruch und dem Namen der Großmutter zeigt eine ovale, gold umrandete Keramikscheibe ihr Porträt. Sie nicken sich zu: „Die Frau auf dem Bild." Als Letzte stehen Karin und Frau von Buchfahrt noch am Grab, während die Anderen wieder in Richtung Haus laufen. Karin winkt dem Bild zum Abschied zu. Dann drehen sie sich um. „Hat da jemand jetzt Danke gesagt?" Lachend schauen sich die beiden Frauen an. „Vielleicht kann ich mich doch allmählich daran gewöhnen. Meine Großmutter war schon immer ein bisschen besonders. Ich denke, das wird heute ein langer Abend werden.

Mal sehen, welche Geheimnisse wir noch lüften können."

Karin nickt: „Und ein neuer Gedanke, wie das Bild zu uns gekommen sein könnte, ist mir auch gerade eingefallen."

Späte Erinnerungen

Mit einem Schlag ist es hell. Der Zug hat den Tunnel verlassen. Die Sonne scheint Walter voll ins Gesicht. Er legt die Hand vor die Augen, bis er sich an das grelle Licht gewöhnt hat. Eine Landschaft wie aus einer Tourismuswerbung beginnt langsam vorbeizuziehen: Erntereife Felder, sattgrüne Wiese, auf denen Kühe weiden, dazwischen kleine Dörfer. Bergketten mit verschneiten Gipfeln, die nach der nächsten Kurve schnell näher kommen. Walter hält seinen Kopf in den Händen, presst die Stirn an die Fensterscheibe. „Wie habe ich das alles nur solange vergessen können?" schluchzt er. Seine aufsteigenden Tränen lassen die Bilder verschwimmen und geben Raum für zaghafte Erinnerungen frei. Die Zugansage reißt ihn aus seinen Gedanken: „In 5 Minuten erreichen wir den Bahnhof von Hohenschleif. Der Ausstieg befindet sich in Fahrtrichtung auf der linken Seite."

Eine halbe Stunde später steht er auf dem Balkon seines Zimmers. Blickt über das Dorf. Sucht nach Anhaltspunkten in seinem Gedächtnis. Nach einem leichten Mittagessen verlässt er das Haus, geht zur Seilbahn. Steigt an der Mittelstation in die Bahn zum

Ostkogel um. Außer ihm ist noch ein Wanderer von etwa 50 Jahren mit in der Kabine. Sie kommen ins Gespräch. „Hier hat sich ja viel verändert. Auf dem Foto in meiner Wohnung reicht der Gletscher weit bis zum Tal hinunter. Davon ist gar nichts mehr zu sehen?" „Der ist jedes Jahr ein Stück mehr abgeschmolzen. Und vor ein paar Sommern ist dann noch eine riesige Platte abgebrochen und 800 Meter tiefer bis ins Tal gestürzt. Vom eigentlichen Gletscher, wie ich ihn aus meiner Kindheit kenne, ist lediglich der obere Rand erhalten geblieben. Aber wahrscheinlich ist auch das nur eine Frage der Zeit." Er schaut Walter fragend an: „Sie waren schon mal in unserer Gegend?" Walter nickt. „Ich versuche mich gerade zu orientieren. Sicher können sie mir helfen. Wie komme ich von hier zum Hagener Eck?" „Da fragen sie den Richtigen. Das liegt an meiner heutigen Route."

Schweigend laufen sie miteinander das leicht ansteigende Band weiter, das sich von der Vegetationsgrenze in die darüber liegende Felsregion zieht und hinter der nächsten Kurve scharf in eine steile Felsengasse einbiegt. Nach etwa 100 Höhenmetern erreichen sie ein vorspringendes Plateau. Eine Tafel zeigt in die Verlängerung des Anstieges: Nordroute zum Hohenschleif, Schwierigkeitsgrad V, Hochtourenausrüstung erforderlich. Walter streicht mit seiner linken Hand über die Schrift. „Das Hagener Eck. Von hier aus sah man doch den Kirchturm von Hagen? Ich kann ihn nicht mehr finden." „Sehen sie den kleinen Baum auf der inzwischen eisfreien Fläche rechts von uns? Genau dahinter liegt im Tal der Kirchturm." Sepp zögert einen Moment: „Haben sie denn Pläne für ihren Aufenthalt? Ich bin Bergführer und könnte sie begleiten. Aber das müssen natürlich sie entscheiden." Walters Blick geht in die Ferne. „Ich weiß selber nicht so genau, was ich hier will und wonach ich suche. Aber ich habe ihr Angebot gehört. Wo kann ich sie denn im Ort finden?" „Mein Haus steht gegenüber ihrer Pension." Er streckt Walter die Hand hin. „Ich bin der Sepp." „Und ich bin Walter."

Nachdem Sepp den mit einem roten Punkt markierten Wanderweg weiterläuft, blickt Walter noch einmal zum Gipfel. Dann zieht er das Smart Phone heraus und speichert seine Koordinaten ab. Mit dem Läuten der Glocken kehrt er ins Dorf zurück.

Nach dem Abendbrot bestellt er sich einen Schoppen Rotwein. Sepp betritt den Gastraum, grüßt und geht zu Walter. „Darf ich?" Walter macht eine einladende Handbewegung. „Trinkst Du Roten?" Sie stoßen an. „Mir hat unser Gespräch von heute Mittag keine Ruhe gelassen. Und im Laufe des Tages bin ich mir immer sicherer geworden, dass wir uns schon einmal begegnet sind." Walter hebt die Schultern: „Ich kann mich nicht entsinnen. Oder sollte ich vielleicht besser sagen: Noch nicht?"

Dann geht er in sein Zimmer, lässt sich ins Bett fallen, versucht einzuschlafen. Der Mond schiebt sich um die Hauskante und scheint ins Zimmer. Unruhig wälzt er sich hin und her. Langsam beginnen Bilder aufzusteigen und werden lebendig:

Sie stehen zu Dritt am Hagener Eck, steigen in die Nordroute zum Hohenschleif ein.

Über die freie Fläche weht nur ein leichter Wind. Der Schnee ist trocken und locker, maximal knietief. Ideale Bedingungen für den Aufstieg. Ludwig hat die Führung. Hans folgt zum Schluss. Sie kommen gut voran. Verschnaufen kurz und blicken zurück ins Tal. Wechseln sich in der Führung ab. Bildwechsel: Nur noch wenige Schritte bis zum Gipfel. „Berg Heil!" „Berg Heil!" Dann liegen sie sich in den Armen. Hans öffnet die Blechkasette, entnimmt das Gipfelbuch. Schreibt: Aufstieg vom Hagener Eck über die Nordroute. Hans Führer, Ludwig Mooser, Walter Pechler. Sie blättern zurück. Bekannte Namen tauchen auf. Sepp Leitmayer, Konrad Kreuzer....

Walter wird kurz munter, träumt weiter. In rascher Folge beginnen die Szenen zu wechseln. Das Hagener Eck. Der Abstieg über den Gletscher beginnt. „Ludwig, geh du voran." Der hängt sein Seil mit dem Karabiner in den Gurt von Hans ein. Walter übernimmt wie immer als Letzter die Sicherung von hinten.

Nächstes Bild. Sie haben etwa die Hälfte der Strecke bis ins Tal überquert. Das Wetter ist inzwischen umgeschlagen. Heftiger Schneefall setzt ein, der Wind wird zum Sturm. Ludwig prüft mit dem Stiel seines Eispickels die Festigkeit der Schneefläche vor sich, geht langsam weiter. Bricht plötzlich ohne jede Vorwarnung ein, verschwindet mit einem Aufschrei in einer Gletscherspalte. Das Sicherungsseil lässt unter der Belastung die Schneebrücke brechen, auf der Hans steht und reißt ihn mit sich. An Walters Gurt zieht schlagartig die Last der zwei Kameraden, die ihn lang hinschlagen lässt und hinter sich herschleift. Erst am unmittelbaren Rand der Öffnung gelingt es Walter den Pickel im Eis zu verankern und daran Halt zu finden. Er ruft in die Tiefe. Wieder und Wieder. Keine Antwort. Nur das Heulen des Sturmes, der sich an der Kante bricht, ist das einzige Geräusch, das zu ihm dringt. Das Seil mit den beiden abgestürzten Kameraden hängt an seinem Hüftgurt und beginnt den Körper abzuschnüren. Inzwischen hat der Sturm weiter zugenommen, umtost den Berg scheinbar von allen Richtungen. Weht Walter in kurzer Zeit zu. Sein Körper liegt wie ein hart gefrorener Baumstamm steif über der Spalte. Er versucht die linke Hand zu bewegen. Endlich gelingt es ihm, die Sicherung des Karabiners zu öffnen. Das Seil fällt ins Leere. Walter beginnt, sich am Pickel aus dem gefährdeten Bereich auf festen Untergrund zu ziehen. Bleibt erschöpft liegen, geht auf die Knie. Nimmt seinen Schlafsack heraus. Beginnt sich im Schnee einzugraben. Die Dunkelheit nimmt zu. Sein letzter Gedanke: Sie werden nach uns suchen.

Walter erwacht. Schweißgebadet. Steht auf, versucht den Traum aufzuschreiben. Die letzten Bilder hat er noch direkt vor Augen, aber je länger er sich in Richtung des Anfangs beginnt durchzuhangeln, umso schwerer fällt ihm das Erinnern. Dann geht er zu Sepp hinüber. Im Erdgeschoss brennt schon Licht. Er klopft. Sepp steht im Wohnzimmer. An der Wand hinter ihm hängt ein Bild. Walter tritt zögernd näher. Schweigt. Er hört Sepps Stimme: „Die Seilschaft vor dem Aufstieg. Der Ludwig, der Hans." Walter dreht sich um, nickt: „Und ich."

„Als ihr am Abend nicht zurückgekommen seid, sind wir am nächsten Morgen losgegangen, ich mit acht Männern. Und fanden dich. Halberfroren und verwirrt. Du wolltest uns immer wieder die Stelle zeigen. Suchtest deinen Pickel. Aber der Sturm hatte alles zugeweht. Ich habe dich ins Tal gebracht, dann ins Hospital. Nach zwei Wochen bist du nach Hause gefahren worden. Verwirrt und weiterhin ohne jegliche Erinnerungen. Jetzt bist du hier. Was hat dich bewegt nach so langer Zeit wieder zu kommen? Und warum erst jetzt?"

Sie sitzen sich gegenüber. Walter beginnt stockend zu erzählen. „Ich hatte vor kurzer Zeit einen Traum. Von dieser Nacht. Das erste Mal nach dem Unfall, der bis dahin vollständig aus meinem Gedächtnis gefallen war. Ich konnte mich nicht einmal mehr an den Berg, auch nicht an euer Dorf erinnern. Und das nach so vielen Jahren! Und am Ende des

Traumes standen sie vor mir: Hans und Ludwig, meine beiden Kameraden! Und sie sprachen: ‚Hol uns vom Berg.‘ Da habe ich mich auf den Weg gemacht.“ „Mir geht es auch nicht gut damit, wenn jemand nicht wieder ins Dorf zurückkommt und auf dem Berg bleibt. Kannst du mich mitnehmen?“ Walter nickt. „Du weißt ja am Besten, was sich hier seitdem am Berg verändert hat.“ Er zieht einen Zettel aus der Jacke: „Letzte Nacht besuchte mich erneut ein Traum. Es war so, wie wenn nach langer Zeit gute Freunde an die Tür klopften. Ich hab versucht, ihn aufzuschreiben. Träume ziehen sich ja meist so schnell wieder zurück wie sie gekommen sind.“

Sepp und Walter stehen am Hagener Eck. „Von hier aus haben wir uns beim Abstieg am Kirchturm von Hagen orientiert. Damals hing immer die Lampe im offenen Teil unter der Kuppel zur Orientierung für Spätheimkehrer. Ich denke, wir hatten etwa die Hälfte der Strecke über den Gletscher zurückgelegt, als Ludwig in die Spalte stürzte. Kannst du dich entsinnen, wie weit das Eis damals in Richtung Tal reichte?“ Sepp faltet eine Karte auf. „Das ist eine Luftaufnahme vom Berg unterhalb des Nordaufstiegs. Die Linien sind nachträglich eingezeichnet worden und stellen die untere Kante des Eises im zeitlichen Abstand von 3 Jahren dar.“ Er zeigt mit dem Finger auf die blaue Linie. „Bis dorthin reichte der Gletscher im Jahr eures Unglücks.“ „Und welcher Teil der Eisplatte ist denn später abgebrochen und ins Tal gestürzt?" „Die lag links von uns in Richtung Osten. Das war vor etwa acht Jahren. Du erkennst noch an der spärlicheren Vegetation die Spur, die er ins Tal gezogen hat. Aber dort seid ihr ja nach deiner und auch meiner Erinnerung nicht abgestiegen." Walter überlegt: „Das würde bedeuten, dass das Grab von Hans und Ludwig nach dem Unfall unverändert am gleichen Ort geblieben ist." Sepp blickt ins Tal. „Wo fangen wir nun mit der Suche an." „Ich würde die Strecke vom Hagener Eck bis zur blauen Linie in Richtung Kirchturm halbieren. Mit dem Smartphone könnten wir uns dann um diesen Punkt wie moderne Landmaschinen vom Satelliten aus führen lassen." Sepp legt die Stirn in Falten, fährt mit der Hand durch seine Haare. „Wenn ich das höre. Ich will mir gar keine Gedanken über die Erfolgswahrscheinlichkeit unseres Vorhabens machen. Oder sollte ich besser Erfolgsunwahrscheinlichkeit sagen? Am besten, wir packen es einfach an." Nach der Bestimmung des Mittelpunktes beginnen sie entlang einer ständig größer werdenden Spirale den Boden abzusuchen. Die Fläche ist inzwischen von Bergmoosen, Schneebeeren und Wachholdern bedeckt. Sepp bleibt stehen: „Nach was können wir denn außer den sterblichen Überreste überhaupt suchen? Haken, Karabiner, Pickel?" „Reste von den Bergschuhen, Steigeisen, Rucksäcken, Stirnlampen. Die Alpenvereinsplaketten." „Da wäre ein Metalldetektor hilfreich!" Vor dem Abstieg markieren sie mit

Steinen den Mittelpunkt und die Außengrenze der bisher abgelaufenen Fläche. Dann fahren sie zurück ins Tal. Sepp: „Außer mir leben noch fünf Bergfreunde von dem damaligen Suchtrupp im Ort. Ich habe mit ihnen gesprochen. Sie wären bereit mitzukommen." Walter drückt Sepp die Hand.

Am nächsten Morgen starten sie zu siebent. Oben angekommen kontrollieren sie mit dem Metalldetektor die bereits am Vortag abgesuchte Fläche. Dann folgen sie weiter dem vorgegebenen Weg. Walter dreht sich um. Schaut auf das Display. Stutzt. „Hier hat sich was verändert. Das Zentrum ist jetzt gegenüber gestern Abend ein ganzes Stück in Richtung Westen verschoben." Er zuckt ratlos mit den Schultern: „Eigentlich kann das nicht sein." Verunsichert setzen sie die Suche fort. Konrad bleibt stehen: „Diesen Stein hatte ich vorhin dort drüben auf dem großen Moosfleck abgelegt!" „Bist du dir da sicher?" Hias läuft los. Durchquert die abgesuchte Fläche in Richtung Osten. Geht darüber hinaus. „Kommt mal rüber", ruft er den anderen zu. „Hier sind deutlich eure Spuren von gestern zu sehen, aber die Markierungen liegen jetzt alle viel weiter westlich. Könnt ihr euch das erklären?" Nachdenklich gehen sie am Abend zurück ins Tal.

Nächster Morgen. Über Nacht ist das Wetter umgeschlagen. Schwarze Wolken bedecken den Himmel, die der Sturm vor sich herjagt. Walter öffnet sein Smartphone. „Kein Empfang. Was nun?" Durch die geschlossene Wolkendecke bahnt sich plötzlich ein dünner Lichtstrahl seinen Weg und taucht die Gruppe inmitten der noch dunklen Umgebung in grelles Morgenlicht. Erschrocken sehen sie sich an. Langsam beginnt der Lichtfleck in unruhigen Bewegungen talabwärts zu wandern. Kommt zurück, verharrt vor ihnen. Entfernt sich erneut. „Als ob er uns abholen wollte", sagt Konrad. Zögernd folgen sie dem Strahl, der sich unsicher über den Boden bewegt, so, als ob er selber etwas suchen würde. Läuft talabwärts, wird schneller. Neben einem flachen Wacholder bleibt er stehen. Paul schaut fragend in die Runde: „Was machen wir denn eigentlich gerade hier? Laufen einem Lichtstrahl hinterher! Dabei wollten wir ja Ludwig und Hans suchen." Hias hebt sein Hände: „Denkt mal an gestern. Die unerklärlichen Verschiebungen. Könnte das einen Zusammenhang haben?" Albert blickt zu Boden, winkt ab: „Für mich ist das alles konfus. Aussichtslos! Und der Lichtstrahl? Nur ein Zufall. Und im nächsten Moment aus und vorbei." Konrad bewegt abwägend seinen Kopf hin und her: „Mein Großvater hat immer gesagt: Nichts geschieht zufällig. Alles hat seinen Grund. Man muss nur dafür offen sein, um das begreifen und annehmen zu können. Vielleicht ist dieser Strahl tatsächlich nur für uns geschickt?" Walter blickt zum Himmel: „Irgendwie ist es hier gespenstig. Um uns immer noch Dunkelheit. Und der beleuchtete Fleck bewegt sich nicht weiter. Obwohl die Wolken so schnell über den Himmel jagen. Das ist doch nicht normal." Sepp tritt in den Kreis. „Mein Gefühl sagt mir: Laßt uns einfach hier mit der Suche beginnen." Die anderen verteilen sich um ihn. Karl bringt den Metalldetektor. Legt ihn ab. Will zurück, um die die restlichen Sachen holen. Leise Signale sind zu hören. Alle bleiben wie erstarrt stehen. Karl besinnt sich als Erster, hebt das Gerät wieder auf. Bewegt es dicht über dem Boden, geht auf die Knie. Seine Finger bleiben wie an einer dünnen Wurzel hängen. Er zieht daran, reist sie ab. „Ein Seil, ganz morsch", ruft er den anderen zu. „Hier lag es. Vielleicht finden wir das Ende?" Vorsichtig graben sie das vom Boden festgehaltene Stück frei, in dessen Schlaufe ein verrosteter Karabiner hängt. Walter nimmt ihn in die Hand, streicht mit dem Daumen darüber. Reibt das Metall an seiner Hose. Hält es den Freunden hin. „L. M., Ludwig Moser. Seine Kennzeichnung!" Wie gebannt blicken sie auf die eingeschlagenen Buchstaben. Fallen sich in die Arme, schauen zum Himmel. „Wir sind am richtigen Ort. Und an den hat uns wahrlich der Himmel geführt!" Die Wolkendecke beginnt aufzureißen. Die Sonne bricht durch.

Denkwürdiges Erwachen

Als ich an diesem denkwürdigen Tag von meiner Mittagsruhe erwachte, fand ich mich nicht zurecht. Ich erkannte mein Zimmer nicht mehr, stand auf, vom Fenster aus sah ich das Meer. Benommen taumelte ich zurück, legte die Hände auf meine Augen. Das Meer? Das war doch weit entfernt von hier! Langsam versuchte ich mich unter Kontrolle zu bringen. Es gelang mir nicht.

Mit der Blickrichtung zum Fenster blieb ich wieder stehen. Seine Sprossen teilten das Bild in zwölf gleich große Ausschnitte. Die untere Reihe zeigte einen Strand, an dem zwei riesige Steinblöcke lagen, die vom Wasser umspült wurden. Die beiden oberen Reihen nahm das Meer mit dem Himmel ein. Das Wasser war türkis und die Sonne spiegelte sich darin. Darüber stand der Himmel, der von Gelb in ein weiches Blau überging. Ich trat näher, legte meine Stirn an die Scheiben. Anstelle des Gartens mit dem Tisch und der Bank reichte jetzt Wasser bis an das Haus. Vergeblich suchten meine Augen nach einer festen Orientierung. Der Fußboden begann sich zu bewegen und ließ mich wie auf einem Schiffsdeck im Sturm durch das Zimmer torkeln. Als ich das Bett zu fassen bekam, kroch ich hinein und griff nach der Zudecke. Übelkeit übermannte mich, ich schob meinen Kopf über die Bettkante und fiel erschöpft in den Schlaf.

Ein Geräusch ließ mich aufwachen. Um mich war Dunkelheit. Das Licht des Mondes fiel ins Zimmer. Regentropfen bedeckten die Fensterscheiben. Das Bett bewegte sich nicht mehr, genauso wenig wie der Fußboden des Zimmers, auf den ich jetzt meine Füße setzte. Ich stand vorsichtig auf, lauschte. Da war das Geräusch wieder! Ein Klopfen, das jetzt über Pochen und Kratzen in ein immer lauter werdendes Jammern überging. Es schien von draußen zu kommen. Zögernd trat ich ans Fenster. Vor mir schob sich ein nackter Arm nach oben, schlug mehrmals gegen die Scheiben und fiel schließlich kraftlos wieder nach unten. Ich öffnete das Fenster und beugte mich hinaus. Um die Hütte stand das Meer und ich blickte in das vom Mondlicht beleuchtet Gesicht einer jungen Frau. Sie streckte mir ihre Hand entgegen. Instinktiv griff ich zu, zog sie herauf. Kopfüber ließ sie sich in das Zimmer gleiten. Da lag sie auf den Dielen, stützte sich auf ihre Arme, während ihr Fischschwanz platt auf dem Boden lag. „Lass das Licht aus und schließ das Fenster." Sie schlängelte sich zum Bett. Ich half ihr hinein und setzte mich auf die Bettkante. Ihre Lippen zitterten. „Mir ist so kalt. Leg dich zu mir und wärme mich." Einladend schlug sie die Zudecke zurück. Ich zögerte, aber ihr bittender Blick und ihre Hilflosigkeit ließen mir keine andere Wahl. Vorsichtig legte ich mich neben sie. Ich war wie gelähmt, unfähig zum eigenen Handeln. Sie drehte sich zu mir und legte ihre Hände auf meine Wangen. Dann schob sie sich auf meine Brust, an den Beinen spürte ich die Härte und Kälte ihres Schuppenkleides. Sie zog die Decke über unsere Köpfe und begann leise eine mir unbekannte Melodie zu summen. Das Auf und Ab ihres Singsangs schien den Bewegungen der Wellen zu folgen, die durch das geschlossene Fenster zu hören waren. Eine heftige Müdigkeit überkam mich, der ich nichts entgegenzusetzen hatte. „Wo mag sie wohl herkommen", ging es mir noch durch den Kopf, ehe ich wiederum einschlief.

Als ich erneut aufwachte, war es im Zimmer noch immer dunkel. Neben mir lag die Nixe und begleitet von mir unbekannten Tönen bewegte sich ihr Körper wie der einer Schlange. Ihr Gesicht wirkte angespannt, sie hob die Arme, streckte sie nach oben. Kurze kraftvolle Laute kamen aus ihrem Mund. Mit einem Geräusch, das mich an das Zerreißen eines Tischtuchs erinnerte, begann ihre Haut aufzuplatzen. Ein letztes Anziehen des Schwanzes, noch ein Strampeln mit den Beinen und das Schuppenkleid fiel neben dem Bett zu Boden. Erschöpft drehte sie sich auf die Seite und ergriff meine Hand. Ich spürte ihre Füße, der Fischschwanz war verschwunden.

In sanften Windungen schob sie sich über mich, streichelte meine Haut mit ihren Brüsten, umkreiste mit der Zunge meine Lippen, legte die Haare auf mein Gesicht und hielt meinen Kopf still in ihren Händen, um nach einer Weile das Spiel fortzusetzen. Ich folgte ihren Bewegungen, drückte sie an mich, spürte unser beider Herzschlag, roch ihren Dunst, schmeckte ihre Haut. Ihre Lippen legten sich an mein Ohr: „Ich bin gekommen, um dich um ein Kind zu bitten." Bewegungslos blieb sie liegen und zum ersten Mal schaute sie mich mit ihren klaren blauen Augen an. „Bitte."

Die Morgensonne schien mir ins Gesicht. Ich legte die Hände auf meine Stirn, öffnete die Augen, drehte mich vorsichtig nach links und rechts. Ich lag allein im Bett! Von einer Nixe keine Spur! Ich sprang auf, lief durchs Zimmer, zum Fenster. Der rechte Flügel war angelehnt. Mein Blick fiel in den Garten. Unverändert standen dort wieder Bank und Tisch, das Meer war verschwunden. Verwirrt ging ich hinaus und setzte mich. Überlegte: Welcher Tag ist denn heute? Freitag? Oder erst Donnerstag? Was war geschehen? Sollte das Erlebnis der letzten Nacht doch nur ein Traum gewesen sein?

Am frühen Abend entschloss ich mich, auf ein Bier in den Dorfkrug zu gehen. Ich musste unter Leute. Die Gaststube war für diese Zeit bereits ungewöhnlich gefüllt. Ich setzte mich auf einen freien

Platz am Fenster, bestellte ein Weizen. Aus den Gesprächen hörte ich heraus, dass heute Heinrich Ohlsen einen Vortrag halten wollte. „Auch gut", dachte ich, „da komme ich vielleicht auf andere Gedanken." Ohlsen war mir nicht unbekannt. Er war der geborene Erzähler und die lebendige Chronik des Dorfes. Niemand kannte so viele Geschichten und Anekdoten zu unserem Ort wie er. Geschichten aus der Vergangenheit bis hin zur Gegenwart, ein Teil davon historisch belegt, andere mehr auf Legenden aufbauend, deren Wahrheitsgehalt immer wieder Debatten auslöste.

Heinrich Olsen erhob sich. „Also, heute soll es nach langer Zeit wieder einmal um Helge gehen. Ja, der Helge. Das war schon ein besonderer Mensch. Sein ungewöhnliches Erlebnis hat uns ja alle bis über seinen Tod hinaus oft beschäftigt. Viele von uns haben ihn seit dem wohl für ein bisschen überdreht gehalten. Warum habe ich aber diese alte Geschichte erneut ausgegraben, die ja den Meisten von euch schon bekannt ist? Doch dazu später. Zunächst will ich sie jetzt zu Beginn des Abends noch einmal erzählen. Und zwar die ganze Geschichte, denn Helge hatte am ersten Morgen danach nicht gleich alles erzählt. Er war ja von Natur aus ein mehr zurückhaltender und vorsichtiger Mann. Wahrscheinlich war das Erlebte für ihn so schwer anzunehmen, dass er einfach nicht alles gleich erzählen konnte. In den ersten Wochen danach hat er dann immer wieder stückweise etwas dazu gefügt, was aber auch Sinn machte. Nun aber zu der Geschichte."

Schon nach den ersten Sätzen war ich hellwach. Es war meine Geschichte der letzten Nacht! Ich saß wortlos in der Runde. Je länger ich zuhörte, desto unheimlicher wurde mir. Angst stieg in mir auf. Meine Hoffnung, dass es sich in der vergangenen Nacht lediglich um einen Traum gehandelt haben könnte, geriet aufs Neue ins Wanken. Kurzzeitig schoben sich meine eigenen Gedanken über die Worte von Heinrich Ohlsen. Doch schnell kam die Aufmerksamkeit wieder zurück. Heinrich Ohlsen redete immer noch. „Und nun die Antwort. Warum habe ich ausgerechnet heute diese Geschichte ausgegraben: Helge ist jetzt über drei Jahre tot. Ein Jahr vorher hat er der Geschichte noch den letzten Baustein hinzugefügt. Dabei sprach er davon, dass die Nixe damals beim Abschied zu ihm gesagt hätte, dass sie in 7 Jahren wieder unser Dorf besuchen würde. Und diese 7 Jahre waren gestern auf den Tag genau vergangen. Gestern vor sieben Jahren hatte Helge eine besondere Begegnung, von deren Wahrheit er bis zu seinem Tod überzeugt war. Und davon bin auch ich überzeugt. Irgendetwas hatte dabei seine Person, sein Bewusstsein und besonders seine Wahrnehmung verändert. Deshalb möchte ich mich heute mit euch gemeinsam noch einmal an Helge erinnern. Was fällt euch nach sieben Jahren dazu noch ein? Manchmal kommt ja überraschend etwas Neues, bisher Übersehenes dazu. Also, es kann losgehen."

„Der kam an dem Morgen danach gleich zu mir", sagte der Wirt vom Tresen her. „Ich sehe ihn noch vor mir stehen, als ob es gestern gewesen wäre. Und er war so was von verstört! Er kam mit dem Erlebten nicht klar. Ein Satz von ihm steckt mir noch heute im Kopf. Er sagte: ‚Hast du schon mal was erlebt, was es gar nicht geben kann? Aber ich habe es erlebt, gesehen, angefasst. Und noch mehr!' Später hat er dann vom Meer erzählt, was bis an sein Haus reichte. Und am Morgen wieder verschwunden war. Und wieder später, vielleicht nach einem halben Jahr, kam er dann mit der Story von der Nixe. Da hat er uns schon ein bisschen leid getan." So gingen die Gespräche hin und her. Bekanntes wurde aufgegriffen und ergänzt, zurückgeschaut, Verbindungen zwischen den unterschiedlichen Erinnerungen gesucht. Und manchmal sogar gefunden.

Heinrich Ohlsen hatte sich wieder erhoben: „Kurz vor seinem Tod hat Helge mir dieses Bild gegeben, auf dem sein Haus vom Meer eingeschlossen ist. Und er wirkte auf mich auch an diesem Tag immer noch vollkommen klar." Dann fuhr er fort: „Er sagte, dass das Bild am Morgen nach jener Nacht in seinem Zimmer hing. Ein ungeklärtes Rätsel für mich, bis heute. Ich habe davon Postkarten für euch abgezogen. Reicht sie mal rum." Sichtlich beeindruckt schauten sich alle die Karte an. Wortfetzen flogen hin und her. Es wurde lauter und lauter.

Ich ging vor die Tür und setzte mich auf einen Stuhl unter den Bäumen. Mit leerem Blick schaute ich in den dunkler werdenden Himmel. Eine Frau trat aus der Gaststube, kam auf mich zu. Es war Ines. Sie schob einen Stuhl heran und setzte sich wortlos zu mir. Wir kannten uns, seit ich vor drei Jahren ins Dorf gezogen war und mich bei ihr im Gemeindeamt anmeldete. Mit ihrer unkomplizierten, offenen Art hatte sie mir gleich gefallen. Wir mochten uns. „Moment", sagte ich, stand auf und ging wieder ins Haus. Mit zwei Gläsern und einer Flasche kam ich zurück. „Ich brauche jetzt erstmal einen Schluck." Langsam schenkte ich ein. „Die Frage war gut: Hast du schon mal was erlebt, was es gar nicht geben kann? Diese Frage verwirrt mich. Ich finde keine schlüssige Antwort darauf. Deshalb übergebe ich sie heute Abend einfach dem Alkohol." Ich hob mein Glas und prostete Ines zu: „Also: Auf den Helge und seine Nixe." Ines schaute mich an. „Was ist denn heute mit dir los? Du bist ja richtig aufgewühlt. Du interessierst dich doch sonst nicht für solche Storys?"

„Ines, das ist nicht nur eine Story. Das ist mehr. Wie würde es denn dir gehen, wenn Heinrich genau die Geschichte erzählt, die du letzte Nacht geträumt – oder vielleicht sogar – erlebt hast? Ich habe diese Nacht die gleiche Geschichte wie Helge vor 7 Jahren erlebt. – Oder doch nur geträumt? Heute Morgen, als ich aufwachte, waren das Meer und die Nixe wieder verschwunden. Ich fühlte mich so erleichtert und dachte: Gott sei Dank, alles nur ein Traum. Da war ich mir allmählich wieder sicher. Und jetzt kommt der Ohlsen und erzählt Helges Geschichte. Die auch meine ist! Das kann kein Zufall sein. Aber was ist denn nun die Wahrheit?" Sie sah mich schmunzelnd an. Reicht mir die Flasche. „Trink mal noch einen Schluck. Manchmal löst die neue Leichtigkeit auch Fragen. Oder du findest in anderen Sphären vielleicht die Antwort." Sie trank mir zu, legte ihre Hand auf meine Schulter. „Und jetzt bring ich dich noch ein Stück." Wir schoben los, hielten an, tranken, stützten uns gegenseitig. Saßen auf der Bank vorm Haus und blickten in die Sterne. Allmählich wurde es kühler.

Fröstelnd gingen wir ins Haus, standen unschlüssig vor dem Bett. „Wenn ich sehe was dir so durch deinen Kopf geht. Wirst du damit überhaupt einschlafen können?" „Da bin ich mir auch nicht sicher. Würdest du mich denn heute anstelle der Nixe in den Schlaf singen?" Ines lachte mich an. „Aber mir fehlt natürlich der Fischschwanz." Sie schlug die Bettdecke zurück. Im Mondlicht schimmerten Punkte und Flecken wie silbrig glänzendes Wasser auf dem Laken. Vorsichtig strich sie mit ihrer Hand darüber und hielt sie mir hin. „Das sind Schuppen. Bist du gestern angeln gewesen?" Mit einem Schlag war ich nüchtern. Langsam beugte ich mich über das Bett. Ein vertrauter Geruch kam mir entgegen, ein leiser Gesang begann das Zimmer zu füllen. Bilder der vergangenen Nacht stiegen auf. Wortlos brach ich zusammen.

Die Waldmaid

4 Uhr morgens. Der Rucksack ist gepackt. Fotoapparat, das große Teleobjektiv, Trinkflasche, Schnitten. Dann fahre ich los, nehme die Straße an der südlichen Peripherie der Stadt. Rudi steht bereits vor der Tür. Gemeinsam geht es weiter auf seinem Motorrad. Nach kurzer Zeit sind wir vor Ort. Steigen den bewaldeten Nordhang hoch. Stehen am Fuße einer starken Buche. Ich schnalle die Steigeisen an. Klettere die etwa 6 Meter bis zum vorbereiteten Sitz nach oben, klinke den Karabiner meines Brustgurtes in die Sicherheitsschlinge und setze mich auf das Brett, das an einem starken Ast über mir mit zwei Seilschlingen befestigt ist. Dann ziehe ich meinen Rucksack nach oben und schraube die Fototechnik am Baumstativ fest. Winke Rudi noch einmal zu, der jetzt zur Arbeit fahren muss und lege zum Schluss die Decke über meinem Anstand zurecht. Durch ein kleines Loch habe ich den Eingang zur Nisthöhle der Schwarzspechte im gegenüber liegenden Baum gut im Blick. Jetzt kann der Ansitz beginnen.

Vor zwei Tagen hatten wir diesen Platz vorbereitet, nachdem wir sicher waren, dass die Nisthöhle mit Jungen besetzt war. Ich hoffe, dass sich die Altvögel inzwischen gut an den Aufbau gewöhnt haben. Das bestätigt sich auch bald, denn schon nach kurzer Zeit kommt das Männchen mit der leuchtend roten Kopfplatte und verschwindet mit einem dicken Wurm im Schnabel in der Höhle. Steckt nach einer Weile den Kopf heraus, dreht ihn nach allen Seiten und fliegt ab. Im Abstand von etwa einer halben Stunde kommen die Elterntiere mit neuem Futter. Mein Versteck und auch die Auslösegeräusche der Kamera scheinen sie nicht zu beunruhigen.

Alles verläuft wie geplant. Um mich der Wald mit seinem Vogelkonzert. Die meisten der Akteure kenne ich. Und taucht doch einmal ein unbekannter Sänger auf, dann hilft mir mein Bestimmungsbuch. Ich habe ja genügend Zeit hier oben. Inzwischen geht es auf Mittag zu. Ein unbekanntes Geräusch dringt an meine Ohren. Wahrscheinlich kommt es vom Waldboden. Vorsichtig schiebe ich die Decke zur Seite: Eine Frau steigt unter mir den Hang hinauf und verschwindet nach kurzer Zeit hinter dem niedrigen Bewuchs auf der Hochfläche.

Nach etwa 2 Stunden kommt sie zurück. Im Zick-Zack springt sie in Schlangenlinien den Hang hinunter zum Weg und rennt davon. Am nächsten Tag wiederholt sich das Gleiche. Meine Neugier ist geweckt. Ich kenne diese Gegend gut. Was mag sie dort oben wohl machen? Eine Weide mit Kühen oder Schafen, um die sie sich vielleicht kümmern müsste, habe ich hier noch nie gesehen.

Am nächsten Morgen suche ich mir am Ende des Hanges einen Baum, von dem aus ich die Hochfläche gut übersehen kann. Ziehe mich an den herunter hängenden Ästen ein Stück den Stamm hinauf und steige in den Wipfel. Die Frau nähert sich zögerlich, bleibt stehen. Schaut sich um. Mit dem Fernglas kann ich ihr Gesicht erst jetzt deutlich erkennen. Eine hübsche Maid. Ich schätze sie so um die zwanzig. Volle Haare. Und einen Rock trägt sie. Ein verrücktes Ding. Quer gesteppt, bauschig. Aber: Steht ihr gut. Inzwischen läuft sie in Richtung der Morgensonne weiter. Schlängelt sich um die Büsche, scheint Blumen zu pflücken. Bückt sich erneut und: Ist plötzlich verschwunden. Ich versuche mir die Stelle an Hand einer jungen Eiche zu merken. Dann warte ich. Nichts geschieht. Zwei Stunden später klettere ich wieder hinunter. Laufe geradlinig auf den jungen Baum zu, an dem sie weggetaucht war. Doch vergeblich. Trotz meines Anhaltspunktes kann ich nichts finden. Lege mich ins trockene Gras, überlege, gehe langsam zurück zur Waldgrenze und von dort ins Tal. Für die nächsten Tage habe ich mich in der Jagdhütte des Försters einquartiert. Die steht zwischen den Teichen, in denen der Gastwirt des Dorfes Forellen züchtet. Bei ihm mache ich noch einen Halt. Bestelle mir ein Bier, dazu natürlich Forelle, Müllerinnen Art. Die Tische füllen sich. Die Meisten sind mir bekannt hier. Heinz und sein Sohn Christoph treten ein, kommen an meinen Tisch, setzen sich. „Hallo Stefan! Ich sah dich vorhin schon bei uns vorbeilaufen. Was hast du denn dieses Mal vor der Linse?"

Ich erzähle. Auch von dem jungen Mädchen. Und das ich sie nicht finden konnte. Heinz nickt. „Das war wahrscheinlich die Enkeltochter vom alten Kunze. Die Marie. Die treibt sich öfter dort oben rum. Denn diese Flächen gehören seit vielen Generationen ihrer Familie. Ihr Großvater wohnt im Nachbarort. In Mühlbach. Aber die Felder werden schon lange nicht mehr bewirtschaftet. Früher wurde erzählt, dass dort oben nicht alles mit rechten Dingen zugehen würde. Ein Bauer soll hier einmal beim Ackern ein Pferd verloren haben. Es war einfach weg. Und später verschwand noch einmal ein Pferd. Genau an der gleichen Stelle. Auch die Grenzsteine sind nachts manchmal versetzt worden. Diese Dinge hörten nie wirklich ganz auf. Und Unbekannte hatten einige Jahre nach Kriegsende ein Kreuz aufgestellt. Danach wurde dieser Ort mehr und mehr gemieden, bis heute. Die Felder verwilderten. Du kannst ja mal den alten Kunze fragen. Aber ob der noch so richtig klar im Kopf ist? Ich weiß es nicht." „Wo wohnt denn diese Enkeltochter?" Christoph lacht: „Na, die wohnt bei uns im Dorfe. Ich hab sie vorhin erst gesehen. Aber die hat hier kaum Kontakt zu jemand. Ist irgendwie etwas eigen. Vielleicht trifft scheu besser zu." Nach dem Essen ruft Heinz den Wirt heran. Wir beide bezahlen und gehen. Von seinem Hof ist es nur noch ein Katzensprung bis zur Jagdhütte.

Es ist ein schwüler Abend. Ein Gewitter scheint in der Luft zu hängen. Ich mache das Licht aus, öffne die Fenster und lass mich ins Bett fallen. Ein Donnerschlag reißt mich aus dem Schlaf. Es regnet in Strömen. Im Licht der Blitze sehe ich die Frau im offenen Fenster sitzen. Sie spricht: „Was willst du von mir? Warum schleichst du mir nach?" „Ich habe dich gesehen. Du hast mich neugierig gemacht. Aber du warst nicht zu finden." „Noch einmal: Was willst du von mir?" „Das weiß ich selbst nicht so genau." Und nach einer Pause: „Wie hast du mich gefunden?" „Das war nicht schwer." „Und warum bist du hier?" „Ich bin auch neugierig. Du sitzt nicht mehr im Baum bei den Spechten. Was treibst du jetzt? Fotografierst du weiter?" Ich nicke. „Heute Abend vielleicht den Dachs. Wenn er aus seiner Höhle kommt." „Na dann, leb wohl." „Du kannst doch jetzt nicht in das Wetter raus!" „Warum nicht?" Und schon ist sie verschwunden.

Der neue Abend ist angebrochen. Das Stativ mit der Kamera und dem Blitzlicht steht vor Stefan. Das Licht des Mondes fällt weich durch die Baumstämme des Waldes und auch auf den Erdhaufen vor der Röhre des Dachsbaues. Es ist eine von den nicht ganz so dunklen Sommernächten. Gut für Stefan. Und schon kommt Leben in die Szene. Der Dachs steckt seine Nase aus der Höhle. Wittert nach allen Seiten. Kriecht heraus. Hinter ihm folgen drei Junge. Das Blitzlicht leuchtet auf, wieder und wieder. Schnell verschwinden die Tiere in der Dunkelheit.

Stefan pfeift gut gelaunt vor sich hin und packt zusammen. Der Strahl seiner Stirnlampe streicht über den Hügel an der anderen Seite des Waldwegs. Dort sitzt sie. Winkt ihm zu und taucht ohne ein Wort im Dickicht ab. Er schüttelt den Kopf: „Also, so kann das nicht mit uns weitergehen." Kurz entschlossen biegt er auf dem Heimweg noch einmal bei Heinz ein. Der sitzt vor der Haustür, sieht in den Nachthimmel. „Nun, was sagen Dir heute die Sterne?" „Sie denken: Du willst wissen, wo sie wohnt." – Stefan lacht. „Was die so alles denken! Aber dort oben haben sie natürlich auch einen guten Überblick. Also?" „Das ist die kleine Fachwerkbude gegenüber der Ruine der Wassermühle. – Aber was ich so gehört habe. – An die ist bisher keiner rangekommen."

Stefan rennt los. Biegt über die Brücke des Mühlgrabens. Steht vor dem alten Fachwerkbau, läutet, klopft. Nichts. Vor dem Haus steht ein großer Nussbaum. Er greift nach dem ersten Ast, klettert in den Baum. Wartet. Die Tür geht auf. Marie tritt heraus. „Du bist ja einfach nicht loszukriegen." Winkt ihm zu. Er springt herunter. Fällt ihr vor die Füße. „Also? Was willst Du von mir?" „Ich wollte Dich einfach nur sehen. Dir gegenüber sitzen und Zeit zum Reden haben. Ich sagte ja schon auf deine Frage, dass ich selbst nicht genau weiß, was ich von dir will. Aber das kann ich nur zusammen mit Dir herausfinden. Und ich würde nicht hier stehen, wenn Du mich nicht interessieren würdest. Und jetzt bist Du dran.

Und bitte, renn nicht gleich wieder weg. Natürlich möchte auch ich wissen, was Du von mir willst."

Sie sitzen unterm Nussbaum: Marie beginnt stockend zu erzählen. „Meine Mutter war das einzige Kind meiner Großeltern. Sie ist dort oben – wo du mich gestern Morgen gesucht hast – verschwunden. Verschollen, umgekommen?" Sie zuckt mit den Schultern: „Ich war zu diesem Zeitpunkt ein Kind von drei Jahren. Mit mir sprach damals niemand darüber. Vor allem die Großeltern nicht. Bald danach starb die Großmutter. Ich denke, sie starb vor Kummer. Seitdem soll sie dort oben rumgeistern und ihre Tochter suchen. Ich will ihr helfen, suche sie. Will sie nach meiner Mutter fragen." „Aber dein Großvater, der lebt doch noch? Vielleicht solltest du zuerst noch mal zu ihm gehen? Ich könnte mitkommen. Ich kenne ihn. Hab letztes Jahr die Schwalben in seinem Hof fotografiert. Auch danach sind wir uns immer wieder mal über den Weg gelaufen." „Aber der weigert sich ja darüber zu sprechen. Sieht mich mit traurigen Augen an und schweigt. Deshalb bin ich auch bei ihm ausgezogen und schon lange nicht mehr dort gewesen. So ist bis heute für mich alles immer noch genauso unklar wie am ersten Tag, als meine Mutter plötzlich verschwand und nie mehr zurückkam."

Wortlos schauen beide in die Dunkelheit. Nach einer Weile legt Stefan seine Hand auf Maries Arm. „Neulich habe ich in der Stadt zwei Sätze gelesen.

Die waren groß an eine Wand gesprayt und haben sich bei mir hier oben irgendwie eingebrannt: Miteinander reden kann schief gehen. Nicht miteinander reden, geht schief." Marie senkt ihren Blick, steht auf. Läuft umher. Bleibt vor Stefan stehen. „Ich will es gern noch mal probieren. Es kann ja auch gut gehen. Also morgen?"

Gemeinsam laufen sie am folgenden Nachmittag durch die Felder ins Nachbardorf. Großvater sitzt auf der Wiese hinterm Haus. Verblüfft schaut er sie an. „Marie, Du? Und das ist doch der Vogelfreund, Stefan. Kennt ihr euch?" „Das ist zuviel gesagt. Ich habe ihn im Wald getroffen, als ich wie so oft zu unserem Platz ging." Großvater nickt. „Ich freu mich, dass du gekommen bist. Du warst lange nicht hier. Bist inzwischen erwachsen geworden. Eine junge Frau. Und ich weiß: Du hast Fragen. Und erwartest Antworten von mir. Ich bin nun soweit: Frag mich!"

„Erzähl du erst einmal. Was ist damals passiert?" Großvater beginnt: „Christine war von ihrer Arbeitsstelle aus zu einem Freundschaftstreffen von jungen Deutschen mit russischen Soldaten in der Stadt. Dabei hat sie einen jungen Offizier kennen gelernt. Obwohl es damals nicht erlaubt war, haben sie es irgendwie geschafft, sich danach doch wieder zu sehen. Private Kontakte von Deutschen und Russen waren tabu. Nach einem Jahr wurdest du geboren. Sie haben ihre Beziehung lange verbergen können.

Aber dann ist doch etwas durchgesickert. Die russische Militärpolizei hat die beiden dort oben abgepasst und ihn mitgenommen. Das muss sehr schlimm gewesen sein, auch für Christine. Deine Mutter kam vollkommen verwirrt nach Hause. Am nächsten Morgen ist sie wieder auf den Berg gegangen. Und kam nicht mehr zurück. – Das ist die alte Stelle auf unserem Grund, die wie ein Fluch sich durch die Generationen gezogen hat. Ich war oft dort oben. Es ist ein besonderer Ort. Und obwohl ich jetzt schon manchmal ein bisschen verwirrt bin: Die Erinnerungen an Christines Verschwinden verblassen nicht. Und sind frisch wie am ersten Tag.

Wie lange haben wir auf sie gewartet! Auf der Polizei konnte uns niemand eine Auskunft geben. Nur ein stummes Schulterzucken. Sie ist nie gefunden worden." Großvater wischt sich über seine Wangen. „Doch lasst uns erst mal ins Haus gehen." In der Wohnstube stehen sie vor dem Bild von Maries Mutter. „Du siehst ihr ähnlich. Die Narbe hatte sie von einem Unfall. Sie ritt mit unserem Schimmel aus und stürzte. Wenn du das Bild für Deine Wohnung haben möchtest. Es gehört dir." „Danke, und ich werde mich jetzt wieder öfter melden." Großvater nickt. „Ich freu mich auf dich, auf euch. Ich hoffe, ihr besucht mich recht bald wieder."

Sie stehen vor dem Tor. Marie blickt Stefan an. „Was hältst du davon? Ich würde gern noch einmal auf den Berg gehen. Gleich jetzt, von hier aus. Und am liebsten mit dir." Sie laufen los. „Das ist der Weg, den meine Mutter immer gegangen sein soll. Zu allen Tageszeiten. Auch in der Nacht. Sie hat mich sehr oft mitgenommen. Und ich hatte nie Angst dabei. Als Kind nicht und bis heute nicht. Ich hatte immer das Gefühl: Sie ist bei mir und passt auf mich auf. Dieser Soldat – mein Vater, ich kann mich noch schwach an ihn entsinnen. Ob er noch am Leben ist?"

Auf der Hochfläche folgen sie einem nur sich schwach abzeichnenden Pfad. Aus dem trockenen Gras schaut ein Stück alter Mauer heraus. Weitere Bruchstücke liegen umher. Stefan bleibt stehen. Zeigt nach rechts. Eine Öffnung im Boden. Verwitterte Stufen aus Kalksteinplatten führen nach unten in die Dunkelheit. Sie setzen sich schweigend auf einen Quader. Nach einer Weile steht Stefan auf, läuft umher. Geht zu den Stufen. Steigt gebückt Tritt für Tritt hinunter. „Hier fällt ja sogar Sonnenlicht rein." „Ich weiß. Ich war schon oft hier an diesem Ort. Und habe alles erkundet." Und nach einer Pause. „Ich würde gern diese Nacht hier bleiben. Kannst du dir das auch vorstellen?"

Langsam taucht die Sonne gelb in den Dunststreifen am Horizont und versinkt kurze Zeit später als tiefrote Scheibe. Marie geht zu Stefan hinüber. Ruhig sitzen sie beieinander. „Hier habe ich oft mit meiner Mutter auf ihn gewartet. Sie hat mir manchmal Lieder gelernt. Ein paar sogar in Russisch." Tränen laufen ihr über die Wangen. „Was Menschen schon alles angetan wurde. Und wie tief das noch in die Generationen der Familien weiterwirkt. – Dabei ist das hier mein Lieblingsplatz." Dann steht sie auf, geht die Stufen hinunter. Stefan folgt ihr. Sie kippt eine Steinplatte an, zieht aus dem Loch darunter zwei Säcke hervor. „Decken. Meine Notversorgung." Dann steigen sie wieder nach oben, breiten die Decken aus und wickeln sich ein. Halten sich an den Händen und blicken in die Sterne. Leise fängt Marie an zu singen: „Wetschernij swon, Wetschernij swon, Abendglocken, Abendglocken."

Stefan summt die Melodie mit. Am Ende des Liedes dreht er sich Marie zu: „Das klang, als ob da noch eine zweite Stimme mitsang!" Sie nickt: „Ich habe sie auch gehört." Kurze Zeit später ist nur noch ihr gleichmäßiges Atmen zu hören.

Über Stefans Gesicht läuft ein Zucken. Unruhig wälzt er sich hin und her. Aus den Büschen gegenüber glaubt er Maries Mutter hervortreten zu sehen. Die Narbe über dem rechten Auge ist deutlich zu erkennen. Freundlich schaut sie ihn an. „Ich weiß, du bist Stefan. Wenn du meine Marie wirklich willst, geh immer achtsam mit ihr um. Dann wird es euch gut miteinander gehen. Und grüße Marie!" Stefan setzt sich auf. Die Erscheinung ist verschwunden. Er dreht sich Marie zu. Legt sich an ihre Seite, streicht ihr über den Kopf. Schläft wieder ein.

Marie erwacht. Die Strahlen der Morgensonne scheinen ihr ins Gesicht. Sie räkelt sich und öffnet einen Spalt weit die Augen. Neben ihr kniet die Mutter und hält ihre Hände: „Schön dass du wieder zu Großvater gefunden hast. Und dieser junge Mann neben dir: Ich habe ein gutes Gefühl mit euch beiden. Werdet glücklich! Ich freue mich auf weitere Besuche." Dann verliert sich ihr Bild im zunehmenden Licht der aufgehenden Sonne.

Marie dreht sich Stefan zu, streicht ihm mit einem Grashalm über die Stirn. Er blinzelt, öffnet die Augen. Marie schaut ihn an: „Stell dir vor: Ich hatte Besuch von meiner Mutter. Sie hat mit mir geredet. Du gefällst ihr auch. Und sie hat mir ihre Kette geschenkt und dort vorn auf dem Stein abgelegt, auf dem wir gestern Abend saßen. Die hatte sie einst von Michail, meinem Vater, bekommen."

Marie erhebt sich. Nimmt Stefans Hand: „Komm mal mit. Aber sie liegt ja gar nicht hier! Sollte ich das alles nur geträumt haben? Doch keine Bange. Wenn sie mir die Kette geschenkt hat, so kommt diese sicher auf irgendeinem anderen Weg noch zu mir." Marie legt Stefan ihre Arme um den Hals. „Danke, dass du mitgekommen bist.

Und die Gefahr, dass ich wieder wegrenne – ich glaube, die ist endgültig gebannt." Und nach einer Pause: „Ich habe das Gefühl, das gestern mit Großvater, das kann nur der Anfang gewesen sein. Was ist noch von meiner Mutter da? Und was hat er mir noch nicht erzählt und warum nicht?" Stefan nickt ihr zu. „Also. Worauf warten wir dann noch?"

Maries Großvater sitzt in der Küche. Auf dem Tisch stehen die Kaffeekanne und drei Tassen. „Ich habe euch zum Frühstück erwartet. Schön, dass ihr da seid. Aber kommt erstmal mit." Großvater geht ins Nachbarzimmer. Marie stutzt: „Hier geht jetzt eine Tür ab. Ist die neu? Die kenne ich gar nicht." „Das ist das Zimmer von Christine. Deiner Mutter. Wir haben nach ihrem Weggehen alles so gelassen, wie es war. Nur die Tür hatte ich zugebaut. Wir wollten es so erhalten: Für dich, für Christine, für Großmutter und mich. Geht nur hinein. Sie erwartet euch." Marie drückt auf die Klinke, öffnet langsam die Tür. Das Morgenlicht fällt auf das Bett. Auf dem Kopfkissen liegt eine Kette. Marie legt sie auf ihre Hand: „C plus M. – Christine und Michail. Die Kette aus meinem Traum." Schluchzend setzt sie sich auf die Bettkante. Ihr verschwommener Blick wandert durchs Zimmer. Sie geht zurück zu Großvater. Zeigt auf ein Foto: „Mein Vater? Hat er Euch geschrieben?" Großvater nickt und zeigt auf das schmale Bündel von Briefen auf dem Küchentisch. „Du wirst sicher fragen, warum wir ihm nicht geantwortet haben. Wir hatten schon unsere einzige Tochter verloren und hatten Angst um dich. Die Briefe haben uns damals alle auf Umwegen erreicht. Nur dieser nicht. Der kam mit der Post. Letzte Woche. Ich hätte dich in den nächsten Tagen angerufen. Aber nun bist du ja hier." Er schiebt Marie ein Kuvert über den Tisch. „Lies selbst." Marie geht hinaus, legt sich in die blühende

Wiese, beginnt zu lesen. Springt auf, rennt mit ausgebreiteten Armen um die Bäume, fällt Großvater und Stefan um den Hals: „Er lebt! Mein Vater! Er lebt! Wir sollen ihn besuchen. Hier ist die Einladung."

Die Bergtour

Georg steht in der Tür zum Speisesaal. Seine Augen suchen Maria. Da ist sie! Neben ihr ist kein Platz mehr frei. Er nickt ihr lächelnd zu. Sie hebt bedauernd die Schultern. „Schade", denkt Georg, „aber der Tag fängt ja erst an."

Nach einer halben Stunde steht Peter – der Wanderleiter – auf. „Also, liebe Freunde, noch mal zur Erinnerung: Start 8 Uhr 30 an der Bushaltestelle." Ein Teil der Gruppe erhebt sich bereits, andere trinken noch ihren Kaffee zu Ende. Auch Georg wirft sich seinen Rucksack über und geht mit den Tischnachbarn los. Der Bus ist bereits eingetroffen. Maria winkt ihm durch das Fenster von einer der hinteren Sitzreihen zu. „Darf ich?" Sie lacht: „Weil du's bist!"

Nach etwa 20 Minuten Fahrt steigen sie bereits wieder aus. Hier endet das Tal und damit auch die Straße. Wenige Meter neben der Haltestelle steht eine kleine Kirche. Dahinter steigen die Felshänge steil an. Peter stellt sich auf die Kirchentreppe. „Wir stehen hier vor einer Bergmannskirche. Bergleute, die vor langer Zeit in dieser Gegend Kupfer abbauten, haben sie errichten lassen. Auch die innere Ausstattung der Kirche weist noch auf den Bergbau hin. Was denkt ihr: Gehen wir mal rein? Wir haben ja heute keine Eile." Beim Verlassen der Kirche hebt Peter den Arm: „Und jetzt will ich euch noch etwas Besonders zeigen." Sie folgen ihm zur Rückseite der Kirche, an der eine schräg stehende, mit dem Boden verwachsene Felsplatte lehnt. „Diese soll den Turm vor Steinschlag schützen. Aber viel interessanter ist der verbliebene Spalt zwischen Turm und Felsplatte. Es wird erzählt, dass dem, der dort hindurch kriecht, seine Sünden abgestreift und damit vergeben werden. Also, wenn jemand von euch die Gelegenheit nutzen will!" Peter sieht in die zweifelnden, teils belustigten Gesichter. „Na Hans, wie wärs mit dir? Wann warst du denn das letzte Mal zur Beichte?" Hans, ein Mann von kräftiger Gestalt, legt den Rucksack ab, geht auf die Knie und zwängt sich, unterstützt von Gelächter und vielen guten Ratschlägen, durch den Felsspalt. Maria tippt Georg an und zeigt unmissverständlich mit ihrer Hand Richtung Felsspalte. Er schüttelt schmunzelnd den Kopf: „Zur Zeit besteht bei mir noch kein Grund dazu."

Die Gruppe bricht auf, nimmt den Weg in Richtung Reiser Alm. Maria und Georg sind im lebhaften Gespräch. „Unser Miteinander gestern Abend fand ich schön. Auch was du gesagt hast, hat mir gefallen." Sie greift nach seiner Hand. Um die Mittagszeit erreichen sie die Alm und genießen bei einer Brotzeit den Blick von der Terrasse ins Tal. Danach teilt sich die Gruppe. Vor allem die Älteren wollen noch eine Weile in der Sonne sitzen, um dann von hier aus wieder abzusteigen. Die Anderen schließen sich

Hias und Agnes an, auch Georg. Er winkt Maria noch einmal kurz zu. Dann geht es weiter. Nach einer Stunde überqueren sie den Gipfelgrat. Vor Ihnen liegt eine steil ins Tal abfallende Felsformation. „Der Gefallnenstein", sagt Agnes. „Seine Form und wahrscheinlich auch der Name erinnern mich immer wieder an einen riesigen Sarg. An der Westseite seht ihr teilweise unseren Weg, den wir jetzt nehmen werden." Sie legen eine kurze Pause ein. Ein Teil der Gruppe schlägt sich noch einmal schnell in die Büsche. Nach kurzer Zeit sind alle wieder beisammen. Der Abstieg beginnt. Das Fehlen von Georg hat niemand bemerkt.

Als der zum Sammelpunkt zurückkommt, ist von den anderen ist nichts mehr zu sehen. Georg überlegt: „Weit können die Freunde ja noch nicht sein. Vielleicht hole ich sie bald wieder ein. Umkehren macht jetzt auch keinen Sinn. Ehe ich die Reiser Alm erreichen würde, wäre der andere Teil der Gruppe sicher schon längst aufgebrochen. Von hier aus sind es zwar 3 Stunden bis ins Tal. Aber bis zum Abend ist noch genügend Zeit und der Weg müsste ja zu finden sein. Immer der roten Markierung nach. Also los!"

Kurz bevor die Sonne hinter den Bergspitzen der gegenüberliegenden Talseite abtaucht, erreicht er den Hochwald und verschärft jetzt das Tempo, um noch sicher bei Tageslicht bis ins Tal zu kommen. An einer umgestürzten Buche teilt sich der Weg.

Lehndorf und Halldorf ist auf den Wegweisern zu lesen. „Halldorf?" – geht es ihm durch den Kopf. „Diesen Namen habe ich in den letzten Tagen schon einmal gehört. Nur, wo ist denn die rote Markierung geblieben?" Er blickt um sich. Auf dem Weg hinter ihm nähert sich ein Fuchs, der jetzt erschrocken stehen bleibt. Dann springt er in weitem Bogen an Georg vorbei und verschwindet mit nach oben gestellter Lunte in Richtung Halldorf. Georg lächelt in sich hinein: „Na gut, dann versteh ich das einfach mal als ein Zeichen: Also, auf nach Halldorf!"

Inzwischen hat sich der Himmel verdunkelt. Es ist schwül geworden. Erste Tropfen fallen durch das Dach des Waldes. Vom warmen Boden beginnt Nebel aufzusteigen, der schnell immer dichter wird. Auf einer Lichtung bekommt er die volle Stärke des Regens zu spüren. Unter den nächsten Bäumen zieht er seine Wetterjacke aus dem Rucksack, stutzt. „Waren da nicht Stimmen zu hören?" Behutsam schiebt er sich hinter einen Baumstamm. Die Stimmen werden deutlicher. Eine Gruppe von Wanderern kommt auf ihn zu – gekleidet in braune Lodenjoppen, auf den Köpfen graue Filzhüte, dazu Rucksäcke. Besonders auffällig aber ist ihre geringe Körpergröße. Doch ehe Georg sie sich genauer ansehen kann, sind sie bereits nach rechts abgebogen und folgen wahrscheinlich einem Pfad durch das Unterholz. Nur die Spitzen ihrer Hüte tauchen noch ein paarmal auf. Dann ist der Spuk verschwunden.

„Was war das denn?" Georg reibt sich verwundert die Augen. Ohne lange zu überlegen, folgt er ihnen. Bald glaubt er sie erneut vor sich zu hören. Und tatsächlich, dort vorn sieht er noch die Letzten mit schnellen Schritten den Weg über ein Geröllfeld nehmen, um nach kurzer Zeit hinter einer Felsnase erneut aus seinem Blickfeld zu verschwinden. Schnell rennt er hinterher, doch die kleinen Gesellen sind nicht mehr zu finden.

Nachdenklich geht er zurück. „Die sahen ja aus wie Zwerge. Aber die gibt es doch eigentlich nur in den Märchen! Sollte ich mir das alles nur eingebildet haben?" Als er den Blick wieder hebt, versperrt ihm ein Felsblock seinen Weg. „Den habe ich doch vorhin gar nicht gesehen. Oder bin ich etwa vom Wege abgekommen? Dieser verflixte Nebel! Und was steht denn hier alles auf dem Stein? – Für unsere im Ersten Weltkrieg gefallenen Soldaten aus dem Arntal." Sollte er bereits am Gefallenstein sein? Zögernd tastet sich Georg entlang der Zeilen um den Stein herum, beginnt dabei laut die Namen zu lesen. „Alles deutsche Namen. Kein einziger italienischer. – Nein, hier beginnt doch ein Block mit Italienern." Während er ins Lesen der Namen vertieft ist, kommt wie aus dem Nichts ein junges Mädchen auf ihn zu. „Erschrick nicht! Ich habe deine Stimme gehört. Gewiss wunderst du dich, wo ich so plötzlich herkomme. Aber ich wohne nicht weit von hier im Tal". Sie tritt an den Stein heran und legt ihren

Zeigefinger auf einen der Namen: „Alois Wauer. Das ist der Vater meiner Großmutter, mein Urgroßvater. Er und seine im Ersten Weltkrieg gefallenen Kameraden aus unserem Dorf ruhen alle hier in diesem Berg. Und gerade heute ist das Gefallnengedenken. An diesem Tag besuche ich ihn immer." „Und weshalb steht der Gedenkstein nicht in eurem Dorfe?" „Nach dem Ende dieses Krieges wurde Südtirol ein Teil von Italien. Deutschland hatte ja den Krieg verloren. Und die italienischen Behörden wollten nun die Erinnerungen an die deutsche Zeit auslöschen. Die Leute durften nicht einmal mehr deutsch sprechen. Komm mal mit." Sie führt ihn durch einen Waldstreifen von jungen Bäumen. Dann stehen sie vor dem Felsmassiv. In der Wand befindet sich eine türgroße Öffnung, in der eine Laterne hängt. „Ist das der Gefallnenstein?" Sie nickt. Georg greift nach seiner Stirnlampe. Vorsichtig geht er Schritt für Schritt hinter dem Mädchen her. Das Licht verliert sich in der Dunkelheit. Eine Eule schaut ihn mit ihren schwefelgelben Augen an, bevor sie durch die Öffnung ins Freie fliegt. Erschrocken bleibt er stehen. Nach ein paar weiteren Schritten wird eine Wand sichtbar. Mit dem Lichtstrahl ihrer Lampe streicht das Mädchen über eine Reihe von Grabsteinen, die an der Wand lehnen. „Das sieht ja aus wie ein Friedhof." „Das sieht nicht nur so aus. Das ist ein Friedhof! Die Gräber sind damals – nach Kriegsende – alle bei Nacht und Nebel umgesetzt worden. Erst seit dem trägt der Fels seinen heutigen Namen: Gefallnenstein."

Dann beginnt sie ein Feuer zu machen, breitet für Georg eine Decke vor der Felswand aus und gibt ihm ein Glas zu trinken. „Ich muss jetzt erstmal ins Freie. Ich erwarte Besuch." Er setzt sich, schläft ein. Dann geht sie nach draußen. Mit einer Gruppe kleiner Männlein kommt das Mädchen zurück. Sie setzen sich ums Feuer, essen und trinken und beginnen schließlich zu singen. Georg wird munter. Lauscht, öffnet langsam Stück für Stück verwundert die Augen. „Da sind ja die seltsamen Gesellen wieder! So habe ich mir als Kind immer die Zwerge in den Märchen und Sagen vorgestellt. Irgendwie unwirklich! Aber das Mädchen ist ja auch hier. Und sie scheinen sich sogar zu kennen. Oder sollte das alles nur ein Traum sein?"

Er steht auf, geht langsam um das Feuer. Auch das Mädchen erhebt sich, reicht ihm die Hand. „Du willst gewiss weiter." Georg nickt. „Jetzt muss ich erstmal versuchen, meinen Heimweg zu finden." „Sei ohne Sorge, ich begleite dich noch ein Stück." Schnell sind sie wieder am Abzweig. „Bis ins Tal ist es von hier nicht mehr weit. Doch hab Acht! Am Abend um den Gefallenentag geistern manchmal schwarze Reiter durch diese Gegend. Niemand weis genau, woher sie kommen. Aber es ist bekannt, dass sie mit Wanderern wie dir oft nichts Gutes im Sinn haben. Zu deinem Schutz gebe ich dir mein zahmes

Käuzchen mit." Sie stößt einen lauten Pfiff aus. Wie aus dem Nichts kommend, landet der Vogel auf ihrem Arm, den sie jetzt Georg auf seine linke Hand setzt. „Ihr werdet den Kauz vielleicht gebrauchen können. Im Tal kannst du ihn dann fliegen lassen. Er findet schon zu mir zurück. Und nun: Guten Weg und viel Glück!" Nach ein paar Schritten dreht Georg sich noch einmal um: „Wen meintest du denn mit ihr?" Aber das Mädchen ist bereits verschwunden. Kopfschüttelnd geht Georg weiter. Der Regen hat etwas nachgelassen. Nur der Nebel will nicht abziehen. So versucht er sich an den Spuren des Weges zu orientieren, um die Richtung nicht zu verlieren. Bleibt stehen. Hört Geräusche. Blickt um sich. Läuft dort jemand neben ihm her? Oder sind es nur weitere Trugbilder? Endlich ist der Wald zu Ende. Weidezäune versperren ihm den Weg. Kühe sind zu sehen und zu hören. Eine Scheune mit weit überhängendem Dach steht am Wegesrand, unter dem Georg Schutz vor dem Regen findet.

Plötzlich nimmt er Pferdegetrappel wahr, das sich schnell nähert. Die Kühe rennen erschrocken davon. Aus der einbrechenden Dunkelheit kommt ein schwarzes Pferd auf ihn zu. „Steig auf", fordert ihn die unbekannte Reiterin auf, die sich jetzt aus dem Sattel erhebt. „Ich will dir helfen!" Die Szene erinnert ihn an die Märchen und Sagen aus seiner Kindheit. Sollten sie heute wieder lebendig geworden sein? Er denkt an die Warnungen des Mädchens.

„Das geht nicht. Da wartet schon jemand auf mich."
Das Pferd schiebt sich immer enger zu ihm heran.
Ängstlich weicht er zurück. Das Käuzchen auf seiner
Hand stößt einen Ruf aus, löst sich plötzlich mit
kräftigem Flügelschlag von Georgs Hand und um-
fliegt die Reiterin, steht flatternd vorm Kopf des
Pferdes. Das bäumt sich erschrocken auf und steigt
in die Höhe, wendet auf den Hinterbeinen und verschwindet laut wiehernd in der Dunkelheit. Georg
sieht noch die Reiterin zu Boden stürzen und rennt
ihr nach. Aber sie ist bereits verschwunden. In der
Ferne zucken Blitze in dichter Folge über den Himmel. Schnell kommt das Gewitter näher. Inzwischen
regnet es wieder wie aus Kannen. Rechts auf dem
Hügel heben sich die Umrisse einer Kapelle gegen
den beleuchteten Himmel ab. Ohne lange zu überlegen rennt Georg die Wege zwischen den Weideflä-
chen zur Kappelle hinauf. Hoffentlich ist sie offen,
geht es ihm durch den Kopf. Er steht vor der Tür,
drückt die Klinke. Tritt ein. Ein Blitz taucht den
Raum kurzzeitig in grelles Licht. Das Kruzifix wirkt
in dieser Beleuchtung beängstigend lebendig auf
ihn. Die Kälte seiner inzwischen durchnässten Kleidung macht sich in ihm breit. Er greift nach ein paar
Decken, die auf den Bänken liegen. Schlägt sie um
sich, setzt sich auf einen Stuhl nahe dem Eingang
und schläft erschöpft ein.

Ein leichter Windzug weckt ihn aus seinem
Schlummer. Es muss jemand eingetreten sein. Ein

Mensch nähert sich dem Altarplatz. Fällt auf die Knie, beginnt zu beten. Er hört Worte wie „...drau-ßen im Wald... verlaufen...schützen...behüten...Ge-org ...“ Das Gebet geht in Schluchzen unter. Georg springt auf: „Maria“, ruft er. Mit weit aufgerissenen Augen dreht sie sich zu ihm, rennt in seine Arme. „Du bist da, du bist zurück.“ „Ich kam kurz vor dir und hab Schutz vor dem Gewitter gesucht. Wo kommst Du denn her?“ „Ich hab dich gesucht, wollte dir entgegen gehen. Unterwegs kam mir eine Grup-pe von eigenartig aussehenden Männlein entgegen. Die waren so was von klein! Als seien es Zwerge. Doch gerade diese haben mir dann den Weg zur Ka-pelle gezeigt. So habe ich zu dir gefunden. Es ist wie ein Wunder!“ Ein Klingelton ist zu hören. Marie zieht ihr Handy heraus: „Ja, ich habe Georg gefun-den. Ruft mal bitte die anderen an... Gut, dann bis gleich. Danke.“ Und Georg zugewendet: „Das macht jetzt schnell die Runde. Sie werden uns holen.“

Kurze Zeit später sitzen sie in der Pension im Kreis der Freunde. Alle sind gespannt zu hören, was die Beiden erlebt haben. Maria beginnt. „... und dann kamen die Zwerge, die mir geholfen haben. Sie ha-ben mir den Weg zur Kapelle gezeigt. Anfangs dach-te ich nur zu träumen, bis ich am Ende Georg fand.“ Markus, der Wirt, ist auch mit in der Runde: „Und du, Georg. Du bist vom Weg abgekommen? Der Fuchs hat dich auf den Teufelsweg gelockt. Dass der von den Einheimischen gemieden wird, konntest du ja nicht wissen. Da hast du viel Glück gehabt! Und der schwarzen Reiter – dem sind schon des Öfteren unbedarfte Wanderer begegnet. Der ist übrigens mal ein Mann, mal eine Frau. Gut dass du nicht aufgestiegen bist. Denn dann kann er Macht über dich gewinnen. Aber das Käuzchen war ja noch mit euch. Es schützt die Wanderer und bewacht die Friedhöfe im Gefallnenstein." „Gibt es denn dort mehrere Friedhöfe?" „Ja sicher. Alle Dörfer unseres Tales haben dort einen Eigenen. Ich besitze übrigens ein Buch mit all den Sagen um den Gefallnenstein. Auch ein paar wahre Geschichten von eigenartigen Begegnungen am Teufelsweg stehen mit drin. Nach meiner Erinnerung gab es vor drei Jahren den letzten Vorfall. Ich hole gleich mal das Buch."

Georg steht auf. Seine Zähne schlagen vor Kälte aufeinander. „Ich geh jetzt besser schlafen. Mir ist einfach nur kalt. Danke euch allen und dann bis morgen früh." Nach einer Weile schleicht sich Maria aus der Gruppe davon, geht zu Georgs Zimmer, klopft, streckt ihren Kopf rein. „Ich hab vorhin die Sauna für uns anschalten lassen. Kommst du mit?" Nach dem dritten Tauchgang trocknen sie sich ab. Georg holt aus seinem Zimmer eine Flasche und geht zu Maria, die Markus' Buch mitgebracht hat. „Ich hab hier noch etwas. Zum Anstoßen auf meine Rettung." Georg nimmt zwei Gläser aus dem Schrank, schenkt ein. Dann schlägt Maria das Buch auf, beginnt vorzulesen. Immer angespannter lauschen sie der Erzählung. Schauen sich atemlos an. „Das kann doch gar nicht sein. Das ist ja voll die Geschichte, die wir vor wenigen Stunden genau so erlebt haben. Wir scheinen ins Märchenreich entführt worden zu sein!" Georg streicht Maria mit der Hand über ihre Stirn: „Und wahrscheinlich sind wir immer noch dort. Heute früh hast du endlich neben mir im Bus gesessen. Und jetzt? Jetzt liege ich neben dir. Ich kann es immer noch nicht richtig fassen." Maria reicht Georg sein Glas: „Als du heute morgen in der Tür standest, hab ich so ein warmes Bauchgefühl bekommen. Und jetzt kreisen die Schmetterlinge immer noch in mir. Willst du mal fühlen?"

Nächster Morgen: Marcus erwartet Maria und Georg vorm Speisesaal. „Kommt mal mit. Ich möchte mit euch beiden eine kleine Ausfahrt machen." Sie halten vor der Bergmannskirche. Als sie die Tür öffnen, hören sie Gesang. Doch niemand ist zu sehen. Auf einmal zeigt Maria lachend auf die Spitze eines grauen Filzhutes, der knapp über dem Rand einer Bank hervorschaut. Als der Gesang endet, geht Markus mit den Beiden nach vorn. „Jetzt will ich euch erst einmal miteinander bekannt machen. Das sind unsere Freunde aus Italien. Sie – und auch eure Wandergruppe – wollten euch gestern nicht den Glauben nehmen, plötzlich im Land der Märchen und Sagen unterwegs zu sein und dabei tatsächlich Zwergen und anderen Merkwürdigkeiten begegnet zu sein. Und so hatten wir uns vorgenommen, euch bis heute Morgen noch in dieser anderen Welt zu lassen.

Doch zurück zu unseren italienischen Freunden. Von ihren Vorfahren, den so genannten Venedigern, ist ebenfalls ein Friedhof im Gefallnenstein. Den besuchen sie jedes Jahr in dieser Zeit. Georg, vielleicht hast du am Gedenkstein schon ihre italienischen Namen gelesen." Georg nickt. „Wer sind denn die Venediger?", fragt er interessiert. „Das sind Bergleute, die früher aus der Gegend von Venedig über die Berge zu uns gekommen sind. Sie haben hier nach Mineralien gegraben und wohnten den ganzen Sommer über in unserem Tal, gehörten gewissermaßen zu unseren Dörfern. Von alters her sind sie sehr klein gewachsen. Dadurch konnten sie besonders gut in den engen und niedrigen Höhlen arbeiten. Manche Ältere hier im Tal halten sie bis heute noch für Zwerge."

„Zu denen gehörten wir seit gestern ja auch. Und bis jetzt haben wir immer noch das Gefühl, im Märchenland zu sein: Erst der Fuchs, dann die Zwerge, das geheimnisvolle Mädchen mit dem Käuzchen, die schwarze Reiterin, das Gewitter und unser Suchen und Wiederfinden in der Kapelle. Dazu die uns unbekannte herrliche Landschaft." Maria ergänzt: „Und auch wir beide kannten uns vor ein paar Tagen noch gar nicht. Ich fühl mich einfach wohl hier, dazu umgeben von gütigen Zwergen und anderen lieben Menschen. Ich will mich gar nicht von diesem Märchen verabschieden und möchte am liebsten die Zeit anhalten."

Ein Venediger aus der Runde steht auf: „Das Anhalten der Zeit ist sicher schwierig. Aber hier ist etwas, womit ihr euere Erinnerungen an diese Tage immer wieder wecken könnt: Es sind zwei Anhänger aus Murano-Glas, die wir euch gern schenken wollen. Unsere Landsleute auf der Murano-Insel vor Venedig haben dieses Glas schon vor vielen Jahrhunderten erfunden. Es war der Grund für die Reisen unserer Vorfahren in die Täler von Südtirol. Denn zum Färben des Glases brauchten die Glasmacher seltene Mineralien. Die haben die Venediger hier gesucht und auch gefunden. Und dann im Herbst im Rucksack über die Berge nach Hause getragen. Im nächsten Frühjahr kamen sie wieder ins Tal. So ging das viele, viele Jahre. Du Maria, bekommst ein Herz. Es ist von roter Farbe. Dazu wurde Kupferoxid gebraucht. Dein Glas, Georg, ist kobaltblau, also mit Kobalt gefärbt. Und nun wünschen wir euch noch gute Tage im Arntal. Vielleicht begegnen wir uns in den nächsten Jahren hier noch einmal. Oder aber – ihr besucht uns einfach mal in Murano."

Nach dem Reisesegen machen sich die Venediger auf den Heimweg. Markus fährt zurück ins Hotel. Und Maria und Georg? Sie stehen am Turm der Kirche, schieben sich mit viel Spaß lachend durch den Felsspalt. Stehen auf, klopfen sich gegenseitig den Schmutz von der Kleidung. Unvermittelt springt

Maria in die Höhe: „Ich fühl mich jetzt ganz leicht. Alle Sünden sind abgestreift." Lachend nimmt Georg sie in die Arme, dreht sich jauchzend mit ihr im Kreise: „Und das Schönste dabei ist – nun ist wieder genügend Platz für neue!"

Münchhausen und ich

Abends vor dem Einschlafen lese ich gern noch etwas: Was? Das ist ganz verschieden. Kurzgeschichten, ein Buch mit einer durchgehenden Erzählung von der ersten bis zu letzten Seite, oft auch die Tageszeitung. Neulich zog ich die Taschenbuch-Ausgabe von Münchhausen aus dem Regal. Besser gesagt: Ich hatte sie bewusst gesucht und hoffte, dass von seinen kurzen Storys meine eigene Fantasie wieder etwas angeregt würde. Die Geschichten, die ich schon mehrmals gelesen und gehört hatte, überraschten mich aufs Neue. Einfach im Aufbau, mit klaren Worten und Aussagen, reihen die kurzen Erzählungen erfundene Erlebnisse seiner Fantasie aneinander. Über Mögliches und Unmögliches macht sich dabei der Baron keine Gedanken. Er ist soweit von der Realität und der Wahrheit entfernt, dass ein Nachsinnen darüber gar nicht erst lohnt. Ich denke nur an die Erzählung, wo er am Abend nach einem langen Ritt sein Pferd in einer verschneiten Landschaft „an eine Art von spitzem Baumstaken" band und sich dann zum Schlafen niederlegte. Am nächsten Morgen erwacht Münchhausen mitten auf einem Kirchhof. Aller Schnee war über Nacht geschmolzen. Nur sein Pferd hing noch an der Wetterfahne des Kirchturms und wieherte. Ohne lange zu überlegen, schoss Münchhausen mit seiner Pistole nach dem Halfter und kam auf diese Art wieder glücklich an sein Pferd und konnte damit seine Reise fortsetzen. Kein Wunder, dass das Baron Münchhausen ein geflügelter Ausdruck für Aufschneider und Fantasten bis heute geblieben ist. Und seine Geschichten werden auch nach wie vor gelesen.

Ich kam dieses Mal mit dem Lesen nicht weit. Als Ergebnis meiner schon lange anstehenden Herz-Untersuchung musste ich von jetzt auf gleich ins Krankenhaus umziehen. Mit mir im Zimmer noch zwei Kollegen. Schon am nächsten Morgen lag ich auf dem Tisch, Bypass OP. Schnell versank ich im Reich der Träume. Wie lange? Keine Ahnung. Aber irgendwann wurde ich dann doch wieder munter. Eigentlich war „munter werden" nicht die richtige Beschreibung meines jetzigen post-operativen Zustandes. Irgendwie lag ich in einem neuen Raum. Auf einem Stativ stand ein kleines graues Gerät, etwa in der Größe eines Theodoliten. Überhaupt erinnerte mich dieser Aufbau mit dem wuchtigen Stativ an die Landvermesser aus meiner Jugendzeit. Hinter einer Glasscheibe sah man grünes Licht in dem kleinen Kasten. Die Decke des Zimmers war mit langen Reihen von verschiedenfarbigen römischen Zahlen bedeckt, die sich auf den Wänden fortsetzten. Was war denn das? Ich überlegte angestrengt. Und end-lich – nach einer gefühlten Ewigkeit – wurde mir klar: Die einzelnen römischen Zahlen waren die co-dierten Schlüssel zu den Instrumenten für die Ope-rationen. Wenn ein Instrument gebraucht wurden, konnte es mittels dieses Schlüssels aufgerufen und sein Ablageplatz angezeigt werden. Damit entfiel das zeitaufwendige Suchen. Eigenartiger Weise sah ich aber nicht ein einziges Instrument im Raume liegen. Und immer wieder endete mein Nachden-ken. Vielleicht mit einem kurzen Schlaf. Und dann ging das Ganze von vorn los.

Früh weckte mich die Schwester. Oder der Arzt? Ich öffnete die Augen. Die Wände sahen unverändert aus. Als die Schwester mit mir fertig war und das Zimmer wieder verlassen hatte, fragte ich meinen Nachbarn: „Sag mal, wie sieht denn die Decke aus? Was siehst du?" „Hm, na glatt weiss. Da gibt's nichts zu sehen." „Bist du dir sicher?" Verständnislos sah er mich an. So ging das weiter.

Nachts wechselten die Träume. Das Bett, der Ka-theder und die verkabelten Geräte hingen an mir. Ich konnte damit nicht in die Toilette gehen, da die Tür dafür viel zu klein war. Am Morgen glaubte ich, die ganze Nacht mit diesen Dingen verzweifelt durch das Zimmer rangiert zu sein.

Auch die Wände hatten ihr Aussehen geändert, an denen jetzt Holzbilderrahmen hingen. Sie erinner-ten mich an die Rahmen, die ich nach dem Einzug in unsere erste eigene Wohnung gebaut hatte. Meine Mitbewohner konnten sie wieder nicht sehen. Aber die römischen Zahlenkolonnen waren nun endlich auch für mich verschwunden.

Am vierten Tag besuchte mich die Beauftragte für die Rehakuren. Sie sagte, dass sie nur noch mal vorbeischauten wollte, um einzuschätzen, wann ich die Kur antreten könnte. Ansonsten hätten wir ja vor 2 Tagen schon alles miteinander besprochen. Wahrscheinlich brachte sie da etwas durcheinander. Na ja, bei so vielen Patienten kann das schon mal passieren. Ich hatte sie jedenfalls zuvor noch nie gesehen.

Auch mein Weib behauptete, jeden Tag bei mir gewesen zu sein. Zwar hatte sie es mir immer wieder erzählt, aber erst am fünften Besuchstag nahm ich sie wirklich wahr. Da kam sie mit ihrem Bruder. Wir saßen bei Kaffee und Kuchen und dachten an unsere Hochzeit vor 50 Jahren. Auf den Tag genau: Goldene Hochzeit. Das stimmt tatsächlich. Und wie alles bislang Geschriebene natürlich auch. Also nichts mit Münchhausen! Zum Schluss segnete uns mein Schwager ein. Er ist nämlich Pfarrer.

Nach zehn Tagen endete mein Aufenthalt im Krankenhaus.

In meinem Entlassungsbrief stand:

Verlaufsdiagnosen: Wiederholtes Postoperatives Delir Postoperativ gelangte der Patient in stabilen Kreislaufverhältnissen zur Weiterbehandlung auf die Intensiv-

*station, wurde bei nachfolgend gutem Gasaustausch
zügig extubiert und bot zu jeder Zeit stabile hämo-
dynamische Verhältnisse unter niedrig-dosierter
Noradrenalin-Gabe.
Nach raschem Ausscheiden des Noradrenalins verleg-
ten wir den Patienten am ersten postoperativen Tag
zur weiteren Behandlung auf unsere Normalstation.
Aufgrund eines hier im Tagesverlauf neu entwickelten
deliranten Geschehens begannen wir mit einer medi-
kamentösen Therapie. Eine neu entwickelte tachyar-
rhythmische Episode gelang es hier medikamentös in
den Sinusrhythmus zu überführen. Wir sahen jederzeit
eine suffiziente Ausscheidungsfunktion.
Usw.*

Das habe ich mir von einem Arzt aus der Verwandt-
schaft übersetzen lassen und heißt soviel wie: Ich
war immer wieder mal im Delirium, hab gesponnen.
Was wäre denn passiert ohne das Eingreifen der Me-
diziner? Offensichtlich hatten sie mir dabei geholfen, meine eingeschlagene Richtung zum Verlassen
des Landes der Fantasien und Träume immer wieder
korrigieren zu können. Bis ich endlich den Ausgang
fand. Nach vier Tagen – so konnte ich am Kalender
abzählen – hatte ich das Gefühl, wieder draußen zu
sein, wie man so sagt, wieder im Leben zu stehen.
Na, eigentlich zu liegen. Beim nächsten Besuch habe
ich dann meine Frau gebeten, mal bei goggle unter
dem Wort Delirium nachzusehen. Und siehe da: Ich

lag gar nicht so verkehrt: Das lateinische Verb delira-
re lässt sich nämlich als „aus der Furche geraten"
übersetzen. Oder anders ausgedrückt: Ich war vom
Wege abgekommen.

Auf mitfühlende Anfragen nach meinem Zu-
stand hatte ich mir inzwischen eine Standard-Ant-
wort zugelegt: „Ich denke, es geht aufwärts!" Jetzt
im Nachhinein, wenn ich darüber nachdenke: Was
sollte das denn heißen? Ging es nach oben? Dahin
wollte ich ja eigentlich gar nicht. Jedenfalls nicht
schon jetzt.

Vielleicht stimmten auch meine Vorstellungen
vom Lande der Fantasien und Träume gar nicht so
richtig. Und ich bin nicht dort, sondern die ganze
Zeit draußen gewesen, im Leben. Und nur mein Auf-
nahmevermögen war durch die während der Opera-
tion und Nachbehandlung verabreichte Medizin für
diese Signale aus einer mir bisher unbekannten Welt
sensibilisiert worden. Aber von dem draußen, dem
Leben, da habe ich in diesen Tagen nichts wahrge-
nommen. Das war ganz offensichtlich damit abge-
schaltet, ausgeblendet gewesen. Und jetzt, wie man
so landläufig sagt, ist der Schalter wieder umgelegt.

Wenn ich mir das so überlege, ganz schön kom-
pliziert. Das alles wieder so hinzukriegen. Wir in
den technischen Berufen hatten da immer so einen
Satz: „Der Teufel steckt im Detail!" Warum sollte das
in der Medizin anders sein? Wenn da nun ein paar
Kleinigkeiten – also von den Details – nicht wieder

in den Ausgangszustand zurückgekehrt, vielleicht ein bisschen verschoben sind?

Mein grübelnder Blick erhellte sich. Das könnte manches erklären. Seit geraumer Zeit sagt meine Frau zu mir nämlich immer mal wieder Sätze wie: „Was ist denn neuerdings mit dir los? Das habe ich doch mindestens schon dreimal gesagt. Hörst du mir überhaupt zu?" Oder: „Über diesen Termin reden wir nicht erst seit heute. Und jetzt willst du noch nie davon gehört haben?" Das kann nur an den Details liegen, in denen jetzt der Teufel steckt. Ich hab doch vorher immer auf alles von ihr gehört. – Und nicht nur gehört, sondern mich auch i m m e r danach gerichtet! – Das bestätigen ja auch ihre Fragen.

Doch wie kann ich ihr diese komplizierten Zusammenhänge glaubwürdig vermitteln? Das ist ein heißes Eisen. Klare Worte und Aussagen braucht es hierzu, die in ihr gar keine Zweifel erst aufkommen lassen. Und natürlich nicht zu vergessen: Viel Fantasie, um nicht am Ende als Lügen-Baron hingestellt zu werden. Ich stutze: Ach ja, da gabs doch noch den Baron. Vielleicht könnte der mir dabei sogar helfen. – Aber, wo hatte ich doch gleich das Buch hingelegt?

Das Buttel

Michael hat Geburtstag. Die Runde der Gäste sitzt am Rande der Wiese unter den hohen Ästen der Haselsträucher. Es ist noch angenehm warm. Kein Lüftchen weht. Das leise Murmeln des nahen Dorfbaches ist kaum zu hören. Allmählich lassen sich die ersten Sterne am Himmel sehen. Ein paar Fledermäuse fliegen geräuschlos durch die Zweige der Obstbäume, verschwinden hinter der Hausecke, um kurze Zeit später wieder zurückzukommen. „So ein herrlicher Abend, wie aus dem Bilderbuch. Und eine Ruhe." Micha legt den Zeigefinger auf seine Lippen, zeigt zum Dach des Nebengebäudes. „Auf dem Schornstein. Der Waldkauz." Plötzlich tauchen wie aus dem Nichts zwei Amseln auf, fliegen mit lautem Gezeter um ihn herum. Dem Kauz wird das ganz offensichtlich zu dumm. Er streckt sich, schüttelt sein Gefieder und streicht ab.

„Schön, wieder mal eine Eule zu sehen", sagt Ingrid. „Bis vor ein paar Jahren saß oft eine in der Eiche der Gärtnerei. In der kalten Jahreszeit, wenn die Blätter abgefallen waren, hat sie sich abends gut gegen den Himmel abgehoben." Bernhard feixt: „Vielleicht war es auch das Buttel? Mann kann ja nie wissen." Er schaut süffisant lächelnd zu seiner Frau. Niemand sagt etwas, obwohl jeder auf eine Erklärung wartet. Verlegen greifen sie zu den Gläsern. Micha steht auf, schenkt nach. Legt Elfriede seine Hand auf die Schulter. „Mein Mann nimmt mich nicht ernst", sagt sie schmunzelnd. Und nach einer Pause: „Vor zwei Wochen hatte ich Nachtbereitschaft. Eine Patientin rief an. Es war kurz nach Mitternacht. Ich war schon fast wieder zu Hause, als mir plötzlich ein rot leuchtender großer Vogel knapp vor meiner Frontscheibe vorbei flog. Ich hab eine Notbremsung gemacht, bin voll auf die Klötzer gegangen. Die Reifen quietschten, das Auto drehte sich, schleuderte, kam mitten auf der Straße quer zum Halten. Gut, das nicht mehr passiert ist. Der Vogel war auf dem Schornstein des benachbarten Hofes gelandet. Dort stand er noch eine Weile, schlug mit seinen Flügeln. Und plötzlich – verschwunden. So, als ob er nie dort oben gesessen hätte. Ich habe ihn jedenfalls nicht wegfliegen sehen. Oder war er in den Schornstein gefahren? Ich weiß es nicht." Bernhard steht langsam auf, streckt sich, prostet noch einmal den Gastgebern zu. „Danke für den schönen Abend." Schaut seine Frau an: „Ich bin etwas müde und gehe schon mal los." Leicht betretenes Schweigen.

Elfriede schenkt sich nach. „Das treibt mich um. Auf der einen Seite sagt mir mein Verstand, dass es dafür eine ganz nüchterne Erklärung geben muss. Oder treibt hier etwa jemand Schabernack mit uns? Ich weiss nicht, mit wem man darüber mal sprechen kann, ohne immer gleich als überarbeitet angesehen zu werden. Mit Bernhard habe ich es schon ein paar Mal versucht. Aber der macht da gleich dicht. Ein Teil von euch hier am Tisch ist ja einige Jährchen älter als ich. Und eure Vorfahren lebten meist schon seit vielen Generationen im Dorf. Was ist euch von den Eltern und Großeltern über das Buttel weitergegeben worden? Hat jemand von euch eigenen Erfahrungen mit diesem Kobold? Denn dieser Hof, vor dem ich neulich diese Erscheinung hatte: Der geht mir manchmal durch den Kopf. Das ist nicht so ein Null-Acht-Fünfzehn Hof. Auch seine Bewohner nicht. Die sind irgendwie anders, etwas Besonderes. Bereits seit meiner Kindheit kenne ich die Familie. Die Großmutter ist auch eine Patientin von mir. Sie ist jetzt 96 Jahre. Schon seit 5 Jahren habe ich ihr nach jedem Besuch höchstens noch 2 Wochen gegeben. Aber die lebt immer noch – bis heute! Obwohl sie seit langem sterben will. Überhaupt ist auf dem Hof in den letzten 30 Jahren niemand mehr gestorben."

Annemarie nickt ihr zu. „Die Alten haben früher immer erzählt, dass niemand in einem Hofe sterben kann, solange dort das Buttel wohnt." „Und wie bringt man das Buttel dazu, dass es wegzieht? Wegziehen würde ja noch gehen." „Aber wo sollte es dann hin. Das will doch keiner!"

„Vielleicht könnte man es vertreiben." Erikas Stimme klingt unsicher. „Ein paar Tage alles zuschließen? Dass es weder raus noch rein kann. Und nichts zum Fressen hinstellen?"

Walther – der Älteste in der Runde – winkt ab. „Dazu würde ich gar nicht raten. Wenn das Buttel nicht gut versorgt oder schlecht behandelt wird, dann kann es sein, es brennt dir in der Nacht dein Haus ab. Dazu gibt es in den Dörfern der Umgebung einige Fälle." Er lehnt sich zurück, faltet die Hände vor dem Bauch. „Ich denke aber, es ist falsch, das Buttel immer nur mit dem Bösen gleichzusetzen. Es gibt auch andere Beispiele. Auf Höfen, wo das Buttel lange wohnte und immer gut versorgt wurde, lag meist ein Segen auf diesen Wirtschaften. Egal was die Bewohner anpackten, es gelang ihnen zum Vorteil. Und das restliche Dorf war manchmal sogar neidisch auf sie. Wahrscheinlich deshalb wurde solchen Leuten auch oft nachgesagt, dass sie mit dem Teufel im Bunde stünden. Und die anderen Dorfbewohner und ihre Kinder machten einen Bogen um solch ein Haus, besonders in der Dunkelheit.

Diese – ich sag einfach mal Buttelbauern – waren auch auf den meisten Höfen der anderen Bauern nicht gern gesehen. Meist versuchte man sie schon am Hoftor abzuwimmeln. Und trat solch ein Besucher doch gar in die Scheune oder den Stall, so wurde gleich, nachdem er wieder gegangen war, der Fußboden mit Salz bestreut. Damit sollte Böses abgewehrt und das Unglück ferngehalten werden. Und trotzdem: man konnte in der Regel darauf warten, dass nach dem Besuch irgendetwas Unangenehmes passierte."

„Aber auch nicht immer! An solch einen Fall kann ich mich noch genau entsinnen. Ich war damals ein Schuljunge, ging etwa in die fünfte Klasse, als so ein Buttelbauer auf unserem Hof aufkreuzte. Der hatte gehört, dass mein Großvater auf den Viehmarkt fahren wollte und fragte, ob er ihm von dort eine junge Kuh mitbringen könnte. Es ging um ein TBC-freies Tier. Mein Großvater hat sich damals nicht getraut, ihm diese Bitte abzuschlagen. Er brachte ihm die Färse mit. Und es passierte – Nichts! Alles ging gut weiter. Auch das gab es."

„Wie merkt man denn überhaupt, dass jemand das Buttel hat?" Rita rutscht unruhig auf ihrem Stuhl hin und her. „Wir haben ja keinen Bauernhof. Und auch keinen Schornstein. Da müssten wir nach dem, was ihr erzählt habt, buttelfrei bleiben." Sie holt tief Luft, atmet aus. „Da bin ich ja richtig froh, erleichtert. Sonst würde ich vielleicht heute Nacht unruhig schlafen. Aber was kann man denn machen, dass die alte Frau in Ruhe sterben kann?" Kurt räuspert sich, wiegt seinen Kopf hin und her. Seine Frau stößt ihn an. „Na, nun red nur mal." „Das ist schon ewig lange her. Meine Eltern hatten mich als Osterjunge zu meinem Onkel auf seinen Hof ins Nachbardorf geschickt. Als dort der alte Bauer nicht sterben konnte, hat jemand zu seiner Frau gesagt, sie solle ihrem Mann eine Hand voll Mist unter sein Kopfkissen breiten. Das hat sie dann wohl auch getan und es ist schnell mit ihm zu Ende gegangen." „Das mit der

Handvoll Mist unterm Kopfkissen ist mir auch bekannt", sagt Annemarie. „Doch zu Deiner Frage, Rita. Wie wird man das Buttel wieder los? Von unserer Sippe wurde erzählt, dass sie ihr Buttel irgendwie geschickt und unbemerkt jemand Anderem untergeschoben hätten. Aber wie das konkret gemacht wurde? Davon habe ich keine Ahnung. Seit dem soll es aus unserer Wirtschaft jedenfalls verschwunden sein. Und ich kenne auch keinen Fall, wo es noch einmal in den alten Hof zurückgekommen wäre. Ich selber komme ja ursprünglich von der anderen Seite des Flusses. Dort wurde erzählt, dass eine Frau zu einem allein stehenden Hof am Ende des Dorfes nach Flachs gegangen ist. Dabei hätten ihr die Leute nicht nur den Flachs in den Huckekorb gepackt, sondern darunter noch heimlich ihr Buttel gelegt. Am Abend berichtete dann die Frau ihrem Mann über ihren Gang nach dem Flachs. Der hob erschrocken die Arme. ‚Bei denen spukt doch das Buttel. Das haben sie dir bestimmt mit eingepackt.' Gott sei Dank war der Korb noch nicht ausgeleert. So hat sie ihn schnell wieder zurückgeschafft und dort den Inhalt heimlich unter die Treppe gekippt."

Rita hebt den Arm: „Meine Frage vorhin ist untergegangen: Wie merkt man denn überhaupt, dass jemand das Buttel hat? Und ist das immer so ein Feuervogel?" Walter dreht seine Hände abwägend hin und her: „Man sagte, es spuke in solch einem Hof, manchmal am Abend. Und dass dort Vieles nicht mit rechten Dingen zugehen würde. Aber, wer weiß das so genau? Denn das alles wurde sowieso nur hinter vorgehaltener Hand weitergesagt. Und im Vertrauen! Jedenfalls als Feuervogel soll das Buttel nur in der Nacht auftreten. Sonst wäre es ja in der Dunkelheit auch nicht zu sehen. Aber am Tage: Da kann sich dieses Tausendsassa in alles Mögliche verwandeln: in eine Katze, ein Huhn oder eine Maus. Und mischt sich ganz unauffällig unter die anderen Tiere des Hofes. Auch als Ziege ist es schon gesehen worden. Und immer soll es von schwarzer Farbe gewesen sein."

Allmählich löst sich die Runde auf. Michael bringt Elfriede noch nach Hause. Sie nehmen den Feldweg an der Nordseite des Dorfes. Elfriede bleibt stehen, zeigt auf ein Haus. „Dieses Grundstück ist auch noch mit einem Buttel-Vorkommnis verknüpft. Ich wusste das die ganzen Jahre nicht. Eine Freundin hat es mir erst neulich erzählt." Micha nickt. „Eine tragische Geschichte. Da sieht man, was diese Gerüchte mit den Menschen machen können."

Einige Wochen später sitzen die Freunde wieder beisammen. Elfriede hat eingeladen, zu ihrem 59sten. Inzwischen sind alle eingetroffen. Nur Bernhard fehlt noch. Vor 2 Stunden ist er als Pfarrer zu einer Frau ins Krankenhaus gerufen worden. „Es kann spät werden", sagt Elfriede. Erst kurz vor Mitternacht kommt er zurück, setzt sich schweigend in die Runde. Greift nach dem Glas seiner Frau, trinkt den Inhalt in einem Zug hinunter. Stützt seinen Kopf in die Hände und schweigt. Elfriede sieht ihn fragend von der Seite an: „Wenn Du reden willst?" Bernhard hebt den Kopf, nickt vor sich hin. „Zum Schluss hat mir die Frau – als letztes bevor sie eingeschlafen ist – noch von dem Buttel auf ihrem Hofe erzählt. Wie sehr sie dieses Gerede der anderen Dorfbewohner die ganzen Jahre belastet hat. Und nicht nur sie, auch die ganze Familie. Dort ist mir heute noch mal so richtig klar geworden: Das ist Rufmord. Und das muss endgültig aufhören. So waren meine Gedanken, als ich das Krankenhaus verließ.

Was ich dort aber noch nicht wusste: Der zweite Teil zu dieser Geschichte wartete bereits auf mich. Als ich auf dem Heimweg an dem Haus dieser Frau vorbeifuhr, fliegt plötzlich ein unruhig flackerndes Etwas vor mir über die Straße und verschwindet – genauso schnell wie es aufgetaucht war – hinter der großen Scheune. Ich war dermaßen erschrocken, bremste, krachte aber trotzdem gegen die große Sandsteinsäule der Einfahrt. Als ich ausstieg, glaubte ich aus den Büschen auf der anderen Straßenseite Geräusche zu hören und ging hinüber. Zwei Jungs sprangen plötzlich hervor. Ich versuchte sie aufzuhalten. Aber die rasten davon, so als ob der Leibhaftige persönlich hinter ihnen her wäre. Auch mein Rufen half nichts. Bald schon waren sie zwischen den Gärten der Häuser verschwunden. Ich bin mir

ziemlich sicher: Die hatten was mit meinem so genannten, ‚Buttel' zu tun."

Bernhard schaut in die Runde. „Ich brauche jetzt
erstmal frische Luft." Sie gehen auf den Balkon. Der
Mond steht hoch über ihnen. Aus einen der benachbarten Gärten ist Gesang zu hören. Sie stimmen mit
ein. Walter hebt den Arm: „Was ist denn das?" Ihr Gesang gerät ins stottern, bricht ab. Vom Feld her
kommt über die Wiese ein Lichterkranz in Richtung
Haus geschwebt. Am Zaun kreuzen die beiden Nach-
barskinder auf. „Happy birtday, Elfriede. Erschrick
nicht. Unser Lichtervogel bringt dir einen Geburts-
tagsgruß." Der schwingt sich jetzt zum Balkon hinauf, bleibt über Elfriede stehen und lässt einen Blu-
menkranz in ihre Arme fallen. „Vielen Dank Euch
beiden!" ruft sie den Kindern zu.

Lachend streicht sie ihrem verdutzten Mann
durch die Haare. „Das war wohl für heute erstmal
der letzte Versuch, uns noch mit dem Buttel anzu-
freunden. Wirklich, so ein Tausendsassa, dieses
Buttel! Hat sich extra für uns heute in eine Drohne
verwandelt!"

Beamen

Gedränge vor der Mitteilungstafel im Foyer der Uni. Julian und Lucas treten näher. Lesen.

An alle Mitarbeiter und Studierenden
unserer Universität
Gastvorlesung
Selma Hagstetten, jüngste Professorin
Deutschlands, z.Z. Zürich, spricht am Freitag,
14. August, 16 Uhr, zum Thema Beamen.
Ort: Technische Universität Dresden, Willersbau,
Hörsaal 4, Anmeldung erbeten.

„Na, das ist doch wie maßgeschneidert für dich. Ein Vortrag von der Hagstetten. Das Non plus Ultra in diesem Arbeitsfeld. Besser geht's nicht. Was denkst du?" „Ich werde es mir überlegen", sagt Julian nur kurz. Dann laufen sie weiter. Vor der Mensa bleibt Julian stehen. „Ich hab heute keinen Hunger. Ich lege mich lieber mal eine Stunde aufs Ohr." „Na dann. Bis morgen."

Julian steht in seinem Zimmer. „Noch 4 Tage bis zur Hagstetten. Die Hagstetten ! Was ich so gehört habe: Sie soll ja sehr offen und locker sein. Geht auch verrückten Ansätzen nach." Und nach einer Pause:

„Was soll`s. Ich habe nichts zu verlieren." Kurze Zeit
später sitzt er am Notebook. Zwei Mausklicks:

Julian Bothmer
Beamen und die Heisenbergsche
Unschärferelation
Neue Ansätze zur vereinfachten Bestimmung
der Teilcheninformationen

Dann folgt der Text. „Hier ist noch viel zu tun. Das
Wichtigste: Für jeden sollte einfach und klar er-
kennbar sein, dass aus der Verknüpfung von Lö-
sungsansätzen aus verschiedenen Gebieten etwas
Neues, bisher nicht Gedachtes entstanden ist. Und
dann steht immer noch viel zu viel Unwesentliches
mit drin. Was kann ich noch kürzen? Straffen?" Am
Abend des dritten Tages sind vom Manuskript noch
12 Seiten geblieben. „Ich bin zufrieden. Aber die
Hagstätten blickt natürlich mit einem anderen Filter
im Kopf als ich auf meine Arbeit. Ich bin einfach gespannt. Auf morgen. Auf sie. Auf Neues."

Der Hörsaal ist gefüllt, Stühle werden noch zusätz-
lich herein getragen. Julian hat einen Platz in der
vierten Reihe. Und dann kommt sie. Beginnt zu reden. Gibt eine Zusammenfassung der neuesten For-
schungsergebnisse der letzten Monate. „Eigentlich
sind heute die Fragen zu fast allen Teilgebieten des
Beamens gelöst. Nur an der Bestimmung der Infor-

mationen der zu transportierenden Teilchen sind wir und auch die anderen Kollegen weltweit bisher nicht weitergekommen." Sie stellt Thesen in den Raum und diskutiert mit dem Publikum. Scheint alle Zeit der Welt zu haben. Nach Abschluss des Vortrages sind außer Julian noch weitere sechs Zuhörer geblieben. „Ehe ich mich jetzt mit jedem Einzelnen von ihnen beschäftige, könnten wir ja gemeinsam miteinander reden." Sie sitzen in der Runde, fragen, suchen nach Antworten. Am Ende gibt Julian Selma Hagstetten sein Manuskript. „Ich werde es lesen. Sie bekommen ein Zeichen von mir."

Drei Tage später klingelt das Telefon. Julian schaut auf die Nummer, hebt zögerlich ab. „Hier ist Selma Hagstetten. Julian, ich weiß nicht, was ich außer GE-NIAL sagen soll. Vielleicht soviel: Sie haben bald Semester-Ferien. Und wenn sie nichts Besseres vorhaben, so kommen Sie doch zu mir, d.h. an unser Institut. Wir könnten gemeinsam an Ihren Ansätzen weiterarbeiten. Experimentell sind wir bestens ausgestattet und vernetzt." Julian schluckt, ringt sich ein leises „Ja" ab. „Organisatorisch ist das gar kein Problem. Sie bekommen ein befristetes Stipendium, Wohnungen haben wir für solche Fälle in der Universität." Schweigen auf beiden Seiten. „Das ist natürlich jetzt wie ein kleiner Überfall, der Sie erst einmal sprachlos macht. Denken Sie darüber nach und wenn Sie sich entschieden haben: Geben Sie mir Bescheid." Julian räuspert sich. „Ich musste erst einmal durchatmen. Aber ich kann schon jetzt sagen: Ich werde kommen. Und ich komme gern, und ich freue mich auf das gemeinsame Arbeiten. Und das will ich nicht vergessen: Vielen Dank!"

Vier Wochen sind vergangen. Julian sitzt im Flieger und schaut träumend aus dem Fenster. Unter ihm die verschneiten Berge, die im Abendlicht liegen. Ein Lächeln huscht über sein Gesicht: „Zürich erwartet mich. Und ich komme nicht mit leeren Händen. Die letzten beiden Wochen habe ich noch mal so einen Schub gehabt, der mich richtig weitergebracht hat. Vielleicht entscheidende Gedanken. Also Julian, pass auf dich auf und heb nicht ab. Das Wichtigste in deinem Leben bist du selbst, der Wissenschaftler und der Mensch."

Am Ausgang des Zolls steht Selma Hagstetten. Sie winkt Julian zu. „Das hatte ich nicht erwartet, von Ihnen persönlich abgeholt zu werden." „Ich dachte, es ist so das Beste. Ich zeige Ihnen erstmal Ihre Wohnung. Danach können wir noch etwas essen gehen." Kurze Zeit später laufen sie durch die erleuchteten Straßen. Selma bleibt stehen. „Das ist die Altstadt. Hier gibt es schöne gemütliche Kneipen. Dort drüben die Terasse, das ist mein Lieblingsplatz. Was denken Sie?" Julian lacht. „Ich kenne Zürich erst seit einer Stunde. Und das bisher nur im Dunkeln und von oben. Da gebe ich mich besser ganz in Ihre Hände." Nach dem Essen sitzen sie noch bei einem Schoppen Maienfelder Blauburgunder. „Dass ich es nicht vergesse, bevor wir aufbrechen: Ich hatte Ihnen ja geschrieben, falls Sie gern wandern, denken Sie an die Bergschuhe. Morgen ist Sonntag und ein paar Freunde und ich wollen nämlich eine Bergtour zur Rigi machen. Das ist eine einfache Strecke. Sie können gern mitkommen. Aber das ist keine Nötigung. Es ist Ihr erster Tag und heute Abend haben Sie sich – nach Ihren Worten – ganz in meine Hände gegeben. Ab morgen sind Sie dann wieder ein freier Mann." Julian nickt. „Ich habe verstanden. Und ein freier Mann: Wo passt das besser hin als zur Schweiz? Ich greife jetzt also auf morgen vor und entscheide schon heute für mich: Der freie Mann würde sich gern der Gruppe anschließen."

Am folgenden Morgen treffen sie sich am Bus-Bahnhof. Selma ergreift das Wort: „Ich habe Julian mitgebracht. Und ich wollte euch erst einmal miteinander bekannt machen." Sie nickt Julian zu. „Ja, ich bin Julian Bothmer und komme aus Dresden. Gestern Abend bin ich hier angekommen. Der Grund dafür ist ein Arbeitsaufenthalt an der Universität Zürich. Und auf die Schweizer Berge bin ich neugierig und gespannt. Schön, dass ich heute mitkommen darf, danke." Dann geht es mit den anderen weiter: Hanni, Gustav, Sepp, Ursula, Markus, Urs,

Maria. Markus tritt einen Schritt vor. „Kurz etwas zur heutigen Tour: Wir fahren jetzt ein Stück mit dem Bus in Richtung Rigi. Von dort nehmen wir den Aufstieg zur Forstalm. Die Alm ist noch geöffnet, und wir können eine Znüni (Brotzeit) einlegen." Nach zwei Stunden Marsch sehen sie die Almhütte in der Ferne liegen. „Das ist etwa noch eine Stunde Weg", sagt Markus. „Wir machen hier erstmal eine kurze Pause. Dort unter dem Baum gibt es frisches Wasser."

Julian nimmt seine Flasche aus dem Rucksack, trinkt und füllt sie wieder auf. Hanni steht neben ihm. „Du läufst gut. Gehst du oft wandern?" Julian nickt. „Bei uns liegt ja die Sächsische Schweiz direkt vor der Haustür." Die Alm kommt schnell näher. Sie finden einen Tisch am Rande der Veranda. Von hier kann man ins Tal blicken. Der Zugersee ist zu sehen, von dessen Ufer die Berge der Rigi ansteigen. Die Gipfel in der Ferne sind bereits wieder mit Schnee bedeckt. Der Wirt kommt, begrüßt sie. Julian bestellt sich Rösti. Später gibt es noch Apfelstrudel mit Vollrahm und Kaffee. Hanni klopft mit dem Löffel an ihre leere Tasse: „Ich bin jetzt einfach mal neugierig. Julian, was wirst du an der Universität bei deinem Arbeitsaufenthalt tun?" „Ich werde im Institut von Selma mitarbeiten. Selma beschäftigt sich ja mit dem Beamen. Und ich finde das Thema auch sehr spannend." „Kannst du das mal für Laien wie mich erklären?"

„Also, kurz zusammengefasst: Beamen oder auch Teleportation bezeichnet den theoretischen Transport eines Teilchens, eines Gegenstandes oder einer Person von einem Ort zu einem anderen, ohne dass diese selbst den Raum dazwischen durchqueren. Mal ein Beispiel: Du sitzt jetzt hier auf der Alm und willst nach Zürich zum Busbahnhof. Die Alm ist der Ausgangsort, der Züricher Busbahnhof ist der Zielort. Als erstes wird dein Körper am Ausgangsort in seine einzelnen Atome zerlegt, und dabei werden gleichzeitig alle Informationen zu diesen Atomen erfasst. Nach der Übertragung aller Daten zum Zielort werden diese dort zu Atomen und diese neuen Atome wieder als du – die Hanni – zusammengesetzt. Das Ergebnis ist die gleiche Hanni wie vorher auf der Alm. Und damit bist du dann in Zürich. Als alter, neuer Mensch." „Und das soll einmal möglich werden? Das klingt für mich ein bisschen gruselig." „Was davon mal wahr wird, kann man heute noch nicht sagen. Wie bei den meisten komplexen Themen: Der Teufel steckt oft im Detail. Heute, und ich denke auch noch lange Zeit, werden wir wieder zu Fuß und mit dem Bus nach Zürich zurücklaufen und fahren müssen. "

Montag 7 Uhr. In der Universität: „Guten Morgen, Frau Professor." „Hallo, Julian. Wir sind ja seit gestern perdu. Das ist bei der jungen Generation hier so Usus. Also auch mit unseren Kollegen. Mit denen werden wir uns gleich treffen. Dort könntest du dein Manuskript vorstellen. Sie kennen es bisher noch nicht. Ist das so in Ordnung für dich?" Julian nickt. „Jetzt zeige ich dir noch dein Arbeitszimmer." Danach gehen sie zum Konferenzraum. Die Gruppe – zwei Frauen und drei Männer – sitzt bereits um den Tisch. Eine internationale Runde junger Wissenschaftler. Alle stellen sich kurz mit ihren Arbeitsfeldern vor. Dann ist Julian dran und erklärt in gestraffter Form seine Vorschläge zur Überwindung der bisherigen Grenzen bei der Bestimmung der Teilcheninformationen. „Das ist ein interessanter Ansatz." „An diese Möglichkeit hat bisher noch niemand gedacht." „Wir kommen auf dieser Strecke einfach nicht weiter. Du weißt ja, der alte Heisenberg." Nach einer halben Stunde steht Selma auf: „Ich schlage vor, wir machen hier für heute mal einen Schnitt. Und nun zu dir, Julian. Wie geht es jetzt für dich weiter: In dieser ersten Woche würdest du jeweils einen Tag einen der fünf Kollegen bei der Arbeit begleiten. Das hat sich bisher gut bewährt. Dann haben sich auch Alle in dein Manuskript eingelesen, und wir reden weiter. Außerdem werde ich eine Mitarbeiterin von der Patentabteilung zu dir schicken. Das ist bei uns nichts Außergewöhnliches. An vielen Orten der Erde wird an diesem Thema gearbeitet. Da gilt es auch, die Ergebnisse zu sichern. Also, auf geht's!"

Ein Jahr später: Die Tür geht auf, die Meute stürmt ins Zimmer. „Tatarata!" „Was ist heute für ein Tag?" Julian steht hinter seinem Schreibtisch. Verlegen fährt er mit der Hand durch die Haare. „Bin ich vielleicht seit einem Jahr bei euch?" Und schon stimmen sie an: „Wie schön, dass du gekommen bist, wir hätten dich sonst sehr vermisst. Wir hoffen auf ein nächstes Jahr, und bitten dich: mach das bald klar!" „Wisst ihr, an was mich das erinnert? An meine Kindergartenzeit. Dort wurde das so ähnlich immer zu den Kindergeburtstagen gesungen. Dazu gab es Kakao und Kuchen, den die Eltern des Geburtstagskindes mitgebracht hatten. Und daran knüpfe ich gleich an. Ihr seid damit heute Nachmittag zu Kaffee und Kuchen eingeladen. Ist vierzehn Uhr dreißig für alle o. k.?" Und wie mit einer Stimme kommt die Antwort von allen: „Dann bis halb drei." Julian kann sich vor Lachen kaum halten. „Ihr seid ja so was von lernfähig. Oder habt ihr etwa sächsische Gene?"

Der Tisch ist gedeckt. „Also, lieber Julian. Wir wollen dir natürlich auch etwas zu deinem Jubiläum schenken. In knapp zwei Monaten beginnt die Wintersportsaison. Hier ist ein Gutschein für ein Wochenende in Aspen oder einem anderen Ort deiner Wahl. Und damit du nicht so einsam bist: Du kannst uns gerne mitnehmen."

In der Skihütte. „Mir ist, als ob wir erst gestern zu meinem Einjährigen zusammen bei Kaffee und Kuchen saßen. Die Wochen waren so dicht besetzt. Deshalb ist es besonders schön, dass ihr für die drei Tage mitgekommen seid. Der Kopf wird wieder mal freigespült – am Hang, in der Loipe, im Miteinander. Also, ich bin sehr froh, euch zu haben. Und natürlich Selma. Sie ist mir immer näher ans Herz gewachsen." Er schaut sie an. „Ich bin eben ein Glückspilz." Michael steht auf, geht zur Wirtin, kommt mit einer Gitarre und Liedblättern zurück. Und schon geht's los. In einer Pause legt Julian noch ein paar Liederbücher dazu. „Von deinen Bergfahrten? Dann mach mal einen Vorschlag." „Ich liebe das Bergzigeunerlied sehr, Seite 37." „Kannst du anstimmen?"

Inzwischen sind wieder 5 Monate vergangen, eine neue Arbeitswoche beginnt.

Institutsalltag, 9 Uhr. Die tägliche Arbeitsbesprechung. Selma steht auf. „In einer Woche wollen wir die erste Beamung in Genf starten. Die Kolleginnen und Kollegen vom CERN erwarten uns schon voller Ungeduld. Ich denke, sie sind genauso angespannt und neugierig wie wir. Wir gehen jetzt noch einmal die Organisation durch: Laurent, ist der Transfer der Daten zum CERN entsprechend unserem Ablaufplan abgeschlossen?" „Ja, die Kollegen haben alle Datenpakete auf Vollständigkeit geprüft und bestätigt. Frau Rüthi hat uns vor einer Woche das ok gegeben." „Sehr schön. Jetzt zum Transport unserer Technik. Der LKW ist gepackt und fährt nach Plan noch heute zum CERN.

Simon und Linus, ihr startet mit euren vier Technikern morgen früh mit dem Zug nach Genf. Dazu alles Gute. Wir sind diese Woche durchgehend hier erreichbar. Unser Versuchskörper wird am Mittwoch umgesetzt und von den Kollegen vom CERN übernommen. Der Einbau in die Scannstrecke ist am Donnerstag vorgesehen. Die ist ja schon seit den ersten Vorversuchen installiert und damit bereit. Was gibt es noch zu bedenken?"

Eine Woche später, Mittwoch: Hochstimmung im CERN und in der Universität Genf. Die erste Beamung eines Quaders aus 6 verschiedenen Materialien ist gelungen und ohne technische Probleme abgelaufen. Die Vergleichsprüfung der Werkstoffkennwerte des neuen gebeamten Quaders ist noch im Gange.

„Wir hatten 6 Tage eingeplant. Und heute ist erst der dritte Tag vorbei. Das heisst, wir haben die ganze Technik noch 3 Tage zu unserer Verfügung." „Wir könnten noch etwas nachschieben." „Das erste Tierexperiment? Die Maus?" Sie schauen sich schweigend an. Sophia nickt. „Lasst es uns angehen."

Nach dem Beamen und den Laboruntersuchungen wird die alte neue Maus wieder in den Käfig gesetzt. Auf den ersten Blick sind keine Veränderungen in ihrem Verhalten zu bemerken. Sie wird weiter rund um die Uhr beobachtet werden.

Mit euphorischen Gefühlen fahren sie zurück. Nur Julian ist still, nachdenklich. „Wir sollten immer wieder mal darüber reden, was wir da eigentlich tun. Mit anderen Lebewesen. Am Ende mit uns."

Sie arbeiten mit Hochdruck weiter. Alle Experimente in den folgenden Wochen und Monaten mit Tieren und auch Pflanzen gelingen. Das Beamen von Menschen steht ungefragt im Raum. Und wird endlich angesprochen. „In der Geschichte der Wissenschaft haben sich schon oft Menschen für ihre Ideen zu Selbstversuchen zur Verfügung gestellt." „Damit sind wir gefragt." „Wir alle, als Gruppe." „Das wäre ein überzeugender Durchbruch." Sie treffen sich täglich eine Stunde, um über das Thema zu reden. Jeder kommt zu Wort: Mit seiner Zuversicht und seinen Zweifeln, seinem Vertrauen und seinen Ängsten. Alle stehen dahinter. Die Entscheidung fällt einstimmig aus.

Parallel dazu laufen die Arbeiten mit den wissenschaftlichen Aufsichts- und Genehmigungsbehörden. Es gilt Ablaufpläne zu erstellen, deren Sicherheiten mit Experimenten nachzuweisen sind. Nach 3 langen Jahren wird dann endlich der von ihnen vorgeschlagene Weg zur Beamung von Menschen von dem Ethikrat des Landes freigegeben. Kurze Zeit später kommt auch von der zuständigen Abteilung der EU die Zustimmung. In 3 Monaten, im Januar des folgenden Jahres, soll es losgehen. Mit Selma wird die Übertragung beginnen, mit Julian abschließen. Zwischen jeder Beamung ist jeweils ein Monat für Nachuntersuchungen eingeplant.

10 Tage noch bis zum Beginn der Versuchsreihe. Tägliche Besprechung 9 Uhr. Wo ist Selma? Selma kommt bleich herein gestürmt. „Es ist etwas passiert. Ich bin schwanger." Schweigen. „Ich weiß nicht, wie es passiert ist. Wir haben immer verhütet." Sie schlägt die Hände vors Gesicht. „Dann kannst du nicht mitkommen. Damit fällst du aus." „Wir rücken im Ablauf in der Reihenfolge nach", sagt Linus. „Ich bin der Nächste."

19. Januar: Im Takt von 2 Stunden werden die Arbeitsschritte gestartet. Die Datenübertragung erfolgt vom CERN zur Universität in Genf. Es gibt keine Probleme. Das o. k. aus Genf trifft am Nachmittag ein. Linus ist angekommen. Sie liegen sich schluchzend in den Armen. Die Anspannung, die auf allen gelastet hat, beginnt sich zu lösen. Allmählich zieht wieder Normalität ein. Unterbrochen von den Folgeterminen für Sophia, Monica, Simon und Michael. Am 16. Juni ist die letzte Teleportation geplant. Julian ist voller Emotionen. Er sitzt mit Selma beim Frühstück: „Seit Weihnachten ist diese Zeit die bisher intensivste in meinem Leben: Mit dir, das Spüren unseres gemeinsamen Kindes, das Gefühl des Nachwachsens. Sie könnte ewig andauern." Selma: „Auf der anderen Seite fühle ich mit dem näher kom-

men deines Termins den wachsenden Druck auf dich." Sie schaut Julian in die Augen. Er senkt den Blick. „Das stimmt. Aber es ist nicht mehr lang hin. Und dann werde ich wieder ganz bei euch sein."

16. Juni: Heute soll mit der Teleportation von Julian die Versuchsreihe abgeschlossen werden. Selma und die Gruppe haben ihn begleitet. Der erste Arbeitsschritt ist 11 Uhr gestartet worden. Alles scheint normal abzulaufen. Doch das o. k. aus Genf lässt auf sich warten. Am Nachmittag kommt ein Anruf von der Universität. „Die Daten sind planmäßig bei uns angekommen. Aber beim Wiederaufbau und Zusammenfügen gibt es Probleme. Wir arbeiten daran. Kann jemand von euch dazukommen?" Laurent, Sophia und Monica fahren mit Selma zur Universität. „Wir haben vor 20 Minuten den Prozess des Wiederaufbaus der Atome noch einmal begonnen." Selma starrt mit angespanntem Blick auf die Displays, dann legt sie sich ins Nebenzimmer auf die Couch, die Hände auf ihrem Bauch gefaltet. Monica und Sophia setzen sich zu ihr. Als sie wieder munter wird, ist es dunkel. Aus dem Nachbarraum dringen Gesprächsfetzen bis an ihr Ohr: .. keine Erklärung dafür. ... nochmals rückwärts alle Schritte durchgehen. ...nach Fehlern beim Zerlegen und Scannen untersuchen. ...könnten wir fertig sein. Kollegen vom CERN werden ..übernehmen." Sie steht auf. „Ich habe euer Gespräch bruchstückhaft mitgehört. Ich möchte da-

bei sein." Nach drei Tagen halten sie erschöpft inne. David hebt den Kopf: „Ich weiß im Augenblick nicht weiter. Auf alle Fälle sind sämtliche Daten gesichert." Monica: „Lasst uns eine Pause einlegen. Ich bringe jetzt keinen klaren Gedanken mehr zustande." „Dann bis morgen früh 7 Uhr, Kantine?" Die anderen nicken müde.

Auch der nächste Tag bringt nichts Neues. Ausgangs- und Zieldaten sind identisch. Sie starten den Aufbau erneut. Filter laufen parallel mit, um fehlerhafte Einzeldaten zu erkennen. Nichts. Nach weiteren 3 Tagen: Keine neuen Erkenntnisse. Sie sind am Ende. Wortlos sitzen sie in der Runde. Selma: „Ich werde hier bleiben. Denn auch Julian ist noch hier. Das habe ich letzte Nacht gespürt." Am frühen Morgen setzen die Wehen ein. Selma kommt ins Krankenhaus. Frühgeburt. „Ein gesunder Bub", sagt die Ärztin, „er wird schnell an Gewicht aufholen. Hat er denn schon einen Namen?" „Alexander. Das ist der zweite Name seines Vaters."

Selma ist mit ihrem Kind nach der Entlassung aus dem Krankenhaus doch wieder in ihre Wohnung nach Zürich zurückgekehrt. Die Freundinnen und Freunde ihrer Arbeitsgruppe sind um sie. Helfen, wo es möglich ist, hören zu, reden miteinander. Übernehmen stundenweise Alexander, damit Selma wieder langsam zu ihrer Arbeit zurückkehren kann. Nach Feierabend und an den Wochenenden treffen sie sich regelmäßig. Heute sind sie bei Selma. Alexandern ist 5 Monate alt. Sie sitzen um den Kaffeetisch. Ein Platz bleibt frei. „Kommt noch jemand?" „Der ist für Julian. Für ihn decke ich seit letzter Woche immer mit ein. Ihr denkt jetzt vielleicht: Was ist denn mit der Selma los? Für mich existiert Julian. Er ist nur nicht in der Endstufe angekommen, verharrt in einem Zwischenschritt. Aber seine Daten sind um uns. Ich habe das Gefühl, er ist immer da. Ich kann das nicht erklären. Ich, die coole Selma, die stets nur an das real Existierende glaubte. Es fühlt sich für mich wie eine eigenwillige Kraft an." Die anderen schweigen. Auf dem Nachhauseweg sprechen sie darüber. „Wir können nur versuchen, sie im Hier und Jetzt festzuhalten, sie wieder ganz ins Leben zurückzuholen. Sollten wir den Weihnachtsabend gemeinsam mit ihr verbringen?"

24. Dezember: Sie stehen um den Weihnachtsbaum. „Ihr seid so liebe Freundinnen und Freunde. So eine schöne Idee, ich meine vielmehr so ein schönes Geschenk für mich, dass wir heute zusammen sind. Lasst uns anstoßen: „Frohe Weihnachten!" „Auf uns!" Sie setzen sich um den Tisch. „Guten Appetit! Buen apetito! Bon appetit! Enjoy your meal! En guete!" Vielfältig, wie die Sprachen, sind auch die Speisen auf dem Tisch.

Nach dem Essen setzen sie sich wieder zum Weihnachtsbaum, die Wiege mit Alexander steht daneben. Selma: „Unter dem Baum findet ihr alle ein kleines Geschenk. Ich habe Namensschilder daran gebunden." „Und das ist für dich, Selma. Bilder seit Julians Ankunft vor reichlich sechs Jahren in Zürich bis heute mit ein paar kleinen Texten von uns dazu." „Vielen, vielen Dank. Ich werde es mir bestimmt oft ansehen und darin lesen." Sie packen ihre Geschenke aus, zeigen sie den anderen.

„Ich wollte, dass wir uns bei mir treffen. Wegen Alexander. Wegen Julian. Wie ihr vielleicht schon bemerkt habt, liegt auch für ihn etwas unter dem Baum. Der gebeamte Würfel. Unser erstes Objekt." Michael bückt sich, greift nach dem Würfel. „Darf ich ihn mir mal ansehen?" fragt er zu Selma gewandt. Die Gardinen beginnen sich zu bewegen. Die Kerzen am Baum flackern im aufkommenden Wind. Michael gelingt es nicht, den Würfel zu ergreifen. Langsam drängt ihn eine Kraft vom Baum weg. Er fällt zu Boden. Die Wiege fängt leise an zu schaukeln. Alexander hebt die Arme. Gebannt starren alle auf die Wiege, bevor ein Etwas sie von ihren Stühlen hebt, sanft auf dem Boden ablegt und in den Schlaf fallen lässt. Die Kerzen erlöschen. Nur Selma sitzt in ihrem Stuhl. Von hinten legen sich zwei Arme um sie. Dann schläft auch sie ein.

Mit dem ersten Morgenlicht meldet sich Alexander. Monica wird munter, versucht aufzustehen: „Simon, du liegst auf meinem Arm." Simon hebt den Kopf. „Was ist denn hier los? Wieso liege ich auf dem

Teppich und schlafe? Und ihr alle auch? Nur Selma sitzt in ihrem Stuhl. Wie eine Königin." Er dreht sich auf die Knie und steht vorsichtig auf, geht zum Fenster. Auch die anderen erheben sich, blicken verwirrt einander an, bewegen sich langsam auf Selma zu.

„Was hältst du in deinen Händen, Selma?" „Ein Heft?" Selma öffnet den Umschlag, blättert. „Nur drei Seiten." Sie reicht es den anderen hin. „Beschrieben mit Zahlenkolonnen?" „Geteilt in zwei Spalten. Darüber: falsch, richtig." „Wo hast Du das her, Selma?" „Ich weiss es nicht. Gestern Abend? Ich kann mich nur noch undeutlich daran erinnern. Mir war, als ob mich jemand von hinten umfasste. Dann bin ich eingeschlafen – dann wieder munter geworden? Oder stand später jemand am Fenster? Ganz in Rot. Roter Mantel mit roter Mütze. Gab er mir die Mappe?" Sie schauen sich an, beginnen zu reden: „Mir war, als ob mich eine Kraft vom Stuhl hob und dann auf dem Fußboden ablegte." „Und vorher das Schaukeln von Alexanders Wiege." Und zu Michael gewandt: „Angefangen hat alles mit deinem Griff nach den Würfel." Sie schauen sich an. „Wo sind wir hier? Sind wir jetzt tatsächlich wieder zurück in der Wirklichkeit?" „Aber was bedeutet die Mappe? Und die Zahlenkolonnen?" „Vielleicht, ja vielleicht sind es Informationsdaten zu den Atomen von Julian!" „Und sie sind falsch und sollen korrigiert werden!" Langes Schweigen.

Michael setzt sich, hält den Kopf zwischen seinen Händen: „Ich bin verwirrt. Gestern habe ich noch an

Selmas Wahrnehmungen mehr als nur gezweifelt, heute Nacht habe ich offensichtlich mit der gleichen Kraft Berührung gehabt. Ich traue mir selbst nicht mehr." „Aber wir haben es ja alle erlebt. Das kann nicht nur ein Traum, ein Rausch oder sonst etwas gewesen sein."

Simon bückt sich. „Hier ist noch etwas. Ein Brief. Ist der aus dem Heft gefallen?" Simon reicht Selma den Brief. Sie dreht ihn in den Händen. „Keine Adresse, kein Absender." Sie öffnet den Umschlag, beginnt vorzulesen: „Ich weiss nicht, wie ich beginnen soll. Vor 3 Tagen klingelte es an meiner Tür. Ich öffnete: Keine Spuren im frischen Schnee. Nur eine Zeitung vom 21. Dezember lag auf der Schwelle: „Bild der Wissenschaft." Darin ein Artikel über den Hackerangriff auf das Rechenzentrum der Universität Genf vor etwa 6 Monaten. Darin erfuhr ich zum ersten Mal von der gescheiterten Teleportation eines Menschen. Und die Ursache dafür war offensichtlich mein Datenangriff! Bitte glauben Sie mir. Ich wusste bis vor 3 Tagen nichts davon. Danach habe ich versucht, die durch mich beschädigten Daten der Beamung wieder zu rekonstruieren. Heute Abend, 75 Stunden nachdem mir die Folgen meines Tuns klar wurden, ist es geschafft. Auf den drei Blättern finden sie die Auflistung der beschädigten und der jeweils zugehörigen ursprünglichen Daten. Damit wird der Wiederaufbau gelingen. Bitte verzeihen Sie mir, wenn Sie später einmal dazu vielleicht in der Lage sind." Selma bricht in Tränen aus. Schweigend stehen sie in der Runde. Erst allmählich löst sich die Spannung.

„Laßt uns in Genf anrufen. Wir könnten die Daten rüberschicken." „Am 25. Dezember?" Selma steht auf, geht zum Fenster. Kommt langsam zurück: „Ich versuche jetzt David anzurufen." Sie greift zum Telefon. „David, hier ist Selma Hagstetten. Und ich weiss, dass heute der erste Weihnachtstag ist. Aber es gibt einen außergewöhnlichen Grund für diesen Anruf. Ich habe Daten erhalten. Informationsdaten, die sehr wahrscheinlich zu denen von Julian gehören. Danach sind einige der jetzigen Daten zu den Atomen offensichtlich fehlerhaft und müssen gegen die fehlerfreien ausgetauscht werden. Die Liste umfasst nur drei Seiten. Frag mich jetzt bitte nicht, wie ich dazu gekommen bin." „Selma, schick einfach die Liste zu mir. Ich rufe Rafael und Mathis an. Ich weiss, sie sind zu Hause. Wir rufen dann zurück."

Nach etwa 2 Stunden klingelt das Telefon: „Selma, hier ist David. Wir sind in der Universität. Die Zahlenreihen gehören tatsächlich zu Julians Datensatz. Wir werden sie jetzt korrigieren und dann erneut den Prozess starten. Ich rufe wieder an, wenn wir sehen, ob der Rechner die Korrekturen akzeptiert." Selma nimmt ihr Geschenk und setzt sich an den Tisch. Schaut sich die Fotos an, reicht sie weiter. Doch es will kein Gespräch zustande kommen. Jeder ist in seinen Gedanken gefangen. Endlich der erneute Anruf: „Selma, das Wiederaufbauprogramm läuft. Es sieht gut aus." „Wir können in 40 Minuten in Zürich in den Zug steigen und sind 15 Uhr 20 in Genf." „Wir erwarten euch. Ihr werdet abgeholt. Dann also bis bald."

Impressum

Bibliografische Information der Deutschen Nationalbibliothek:
Die Deutsche Nationalbibliothek verzeichnet diese Publikation
in der Deutschen Nationalbibliografie; detaillierte bibliografische
Daten sind im Internet über http://dnb.dnb.de abrufbar.

© Rainer Oettel, März 2021

Gestaltung: Uta Oettel, Berlin
Titelillustration: Ulrike Jensen, Berlin
Mein Dank geht an Günter und Robert für ihre Unterstützung.

Herstellung und Verlag:
BoD – Books on Demand, Norderstedt

ISBN: 978-3-7534-5842-7